colección narrativa

El rumor del astracán

Azriel Bibliowicz

Babilonia

colección narrativa

Primera edición, Editorial Planeta. 1991
Cuarta edición, Proyecto Editorial Babilonia Ltda. 2013

Consejo editorial
Luz Mary Giraldo, Luis Fernando García Núñez, Jeniffer Medicci, Mónica García, María Fernanda Restrepo, Luisa Fierro, Carlos Barrera, Luis Alfredo Bermúdez Padilla, Daniel Ballesteros, Carol Contreras, Andrés Ospina, Juan Manuel Roca y Doris Salcedo.

El rumor del astracán
© 1991
© 2013 Proyecto Editorial Babilonia Ltda.
    editorialbabilonialtda@hotmail.es
    Bogotá D.C., Colombia

Diagramación de carátula
María Fernanda Restrepo
Fotografía digital de carátula
Carolina Fandiño

Corrección
Luís Fernando García Núñez

Distribución exclusiva
Artemis Libros (01)5481842 - artemislibros@yahoo.es

ISBN: 978-958-46-0434-7

Todos los derechos reservados
Prohibida la reproducción total o parcial de esta obra
por cualquier medio sin la autorización de Editorial Babilonia
editorialbabilonia@hotmail.es

Impreso en Bogotá, Colombia
Printed in Colombia

Azriel Bibliowicz

El rumor del astracán

Prólogo

El rumor del astracán: un entrecruce de relatos

Cuando en 1991 Azriel Bibliowicz publica su primera novela, *El rumor del astracán*, la crítica destaca su escritura cinematográfica y reconoce en ella distintas perspectivas: por una parte, la de la ciudad, específicamente Bogotá en los años 40, por otra la de inmigrantes, y por otra la relación con la nueva novela histórica. Más de dos décadas después, no solo esta novela sigue vigente, sino se ha ampliado en Colombia el registro de la ficción referido a las migraciones judías y otras culturas, así como la definición de ciudad en la literatura.

Desde el sugestivo y elocuente título, la novela lleva al lector por los recovecos del lenguaje literario, la realidad cotidiana y sus vínculos con los medios de comunicación, los hábitos que caracterizan una época en unos espacios sociales determinados, las costumbres en una ciudad en tránsito de la burguesía a la masificación y en la que las ramas del comercio se extienden a tramitadores y contrabandistas. Estructurada en secuencias y a tono con las inquietudes contemporáneas, el relato ofrece varios discursos que se entrecruzan: el de un narrador que con imaginación y fantasía y desde determinados contextos cuenta la historia de los inmigrantes que buscan destino en América, y el del investigador, sociólogo y periodista que conoce la historia de la ciudad y algunos de sus episodios, aprovecha testimonios e historias de vida, situaciones diarias y asuntos que forman parte de la cultura colectiva. Sin evadir situaciones de violencia en el territorio colombiano, uno de sus puntos de partida es la novela de viajes que relaciona con las hambrunas vividas en Europa durante la primera mitad del siglo XX, y la urgencia de buscar posibilidades en otro lugar. De esta manera, entrecruza tránsitos que reflejan extrañamiento y choque entre paisajes, personas y costumbres. Al desplazarse de la tierra propia a la ajena, inevitablemente los personajes pasan de una realidad a otra: no solo hacen una larga travesía por mar y tierra hasta llegar a la ciudad que se convierte en transitorio refugio, sino en ella hacen recorridos entre diversas calles y lugares emblemáticos, escenarios comerciales y parques, asisten a retretas que corresponden al contexto histórico y cultural, y viven el día a día entre la casa y el trabajo. Se trata de una Bogotá lluviosa y gris que ve llegar la modernización. En ese nuevo espacio logran necesarios encuentros con los de su misma cultura, de la mano de lo cotidiano en casas de inquilinato para judíos, la asistencia a sus ceremonias que definen hábitos, concepción de raza, clase, lengua, religión y grupo. Entre viajes, sociedades, formas de vida y de costumbres, la vida y la muerte cumplen su destino, entretejidas con poesía, humor y tragedia.

Estructurada en secuencias y al mejor estilo fragmentado, se cuentan episodios de vida de unos cuantos personajes, y se narra el proceso de emigración de judíos polacos a Latinoamérica desde Szczuczyn a Bogotá, pasando por Nueva York, Cuba y Barranquilla. Desde el primer momento se sabe que no se trata de llegar a "la tierra prometida" ni a "la tierra santa", sino más bien se asume como aventura de viaje en búsqueda de fortuna. Se emigra a sabiendas de que será una experiencia transitoria, pues no hay intención de instalarse conquistando o fundando territorio o asimilando o adoptando comportamientos y costumbres ajenos. Son exiliados que saben que estarán en hogares provisionales y por ello buscan refugio con exacerbado sentimiento de solidaridad de grupo. Al llevar consigo sus raíces, aunque disfruten el lugar que los alberga, afrontan los desafíos que la nueva sociedad propone y alimentan de manera comunitaria la evocación de la tierra de los antepasados. Si bien es cierto que la novela muestra peripecias de viaje del europeo a Colombia, también destaca el arribo al puerto de Barranquilla, las dificultades que generan perplejidad en las oficinas de la aduana, hasta tomar el tren que finalmente conduce a Bogotá, para llegar a una estación con "aire vienés" en esa ciudad que expone al inmigrante a la inseguridad, pues lo recibe con experiencias nuevas, entre otras ser víctima de raponeros que roban el equipaje (irónicamente ropa sucia), obligar a asumir normas inesperadas o diferentes a las propias (cortarse las barbas, por ejemplo) y diariamente escuchar a los voceadores de periódicos y a los vendedores de lotería.

El inicial encuentro en territorio colombiano se revela agresivo y peligroso y la llegada y ubicación en Bogotá orienta el relato en otras direcciones: se detiene en las características y rasgos de identidad del pueblo judío, de quienes muestra tradiciones y creencias, costumbres y hábitos festivos y alimenticios, los que destaca en la figura del personaje Jacob, quien sobresale por el respeto y la fidelidad a su fe y a sus convicciones. Así mismo, no solo se muestran las condiciones del inmigrante, su proceso de adaptación a la nueva sociedad, el cruce y choque de dos mentalidades, las peripecias para adecuarse a un nuevo territorio, el hermoso proceso de aprendizaje de una nueva lengua, sino la violencia, la discriminación, el racismo y las razones de una sociedad, la colombiana, que impone valores y principios capitalistas en los que prima la ley de la sagacidad.

Aunque el hilo conductor se logra a través de Ruth, existe en la novela un antecedente: el relato del viaje de Jacob y Saúl asumido como una apuesta motivada por las historias de éxito de Abraham Silver, quien ha amasado fortuna y posición en Bogotá. Este viaje inicialmente se relaciona con las aventuras de un rabino andante, y se diferencia, en el caso de personas semejantes a David, otro de los personajes, en que para estas Nueva York es "la tierra prometida", Jerusalén la "tierra santa" y otros lugares solo son de paso. Ruth, quien viaja de Szczuczyn a contraer matrimonio con Jacob, además de tener que aprender a vivir en el exilio, aprende la nueva lengua para lograr comunicación, lo que paulatinamente se fusiona con la vivencia del amor, el desencanto y el desamor, la infidelidad, el honor y la estigmatización. Ruth se entusiasma con quien le enseña la música de las palabras, tiene un amante y ama a su marido. Un triángulo perfecto, que se resuelve contra todos: Jacob muere, Ruth es estigmatizada y David es reconocido como un infractor. La novela se inicia con la muerte de Jacob, lo que genera, como toda ficción policial, intriga sobre la causa de esa muerte en un accidente, situación que se retoma en los capítulos finales, en los que se reconoce la defensa del honor y una ofensa a la integridad y la honestidad que deja implicado a David, trasgresor de las normas judías, contrabandista de pieles de astracán, patrón y amante de Ruth.

En el caso de Jacob, vivir en el nuevo país exige aprender el idioma para el "teatro de las ventas". Así se inicia en el comercio informal, oficio que primero asume vendiendo imágenes de la Virgen en las iglesias y que luego afina con sagacidad como vendedor ambulante, recorriendo calles y consiguiendo clientes de diversas telas como paños, popelina, lanilla y otros objetos, con el peculiar sistema de venta a crédito y al regateo. El país y Bogotá corresponden a la década del cuarenta, cuyos rasgos están definidos por la imagen arquitectónica y cultural: el desarrollo del comercio y la sociedad capitalista, los sistemas de propaganda y divulgación, los avances en radio y comunicaciones, la vida cotidiana en el ambiente urbano y el interior de las habitaciones de los inmigrantes extranjeros, los oficios de estos y de sus análogos colombianos, los sitios de encuentro y de tránsito, la vida semanal y la festiva en el espacio público, que revelan la génesis de la burguesía industrial en relación con la historia de las ciudades y las migraciones a Latinoamérica.

La confluencia de dos mundos se logra, no solo relacionando la cultura judía y polaca con la colombiana, sino con las de otros sujetos inscritos en otra ficción entretejida que se corresponde a una radionovela escuchada en la época referida en la obra de Bibliowicz. Se trata de la serie de Chang Li Po, en la que un detective oriental esclarece casos delictivos. Es una radio novela de espionaje. Esta textualidad sirve para ubicar *El rumor del astracán* tanto en la época como en el tema policial, dada la carga de indagación que ofrece: por una parte se indaga sobre la muerte de Jacob, por otra sobre el tráfico de pieles que realiza David, y por otra, estratégicamente entreteje el valor del idioma, haciendo que el aprendizaje de la lengua recaiga sobre vínculos contraídos: se trata de un acto de amor.

Entre quienes han analizado la influencia de la inmigración en la economía nacional, recordemos a Salomón Kalmanovitz, quien reconoce que en el proceso de migración del extranjero debido a las dos guerras mundiales, este aunque carece de fuerza política, favorece la conformación de una burguesía empresarial, comercial y cambiaria que apoya la industria, el comercio, la banca y la economía. El autor destaca la presencia, especialmente desde los años 20 y 30, de empresas pioneras de extranjeros, que progresivamente se nacionalizaron, a las que se sumaron grupos de inmigrantes provenientes de Alemania, Polonia, Italia y España, y de judíos y libaneses que contribuyeron a la industrialización liberal. Varios autores destacan, también, la inestabilidad, la movilidad propia de los inmigrantes, sus razones culturales y religiosas que contribuyen a jerarquizar principios y ocupaciones, que al unirse a relaciones despersonalizadas fomentan la mentalidad burguesa capitalista en la que prima la ley del más fuerte en sentido económico y social.

El rumor del astracán refiere el ingreso de judíos polacos a América, sus búsquedas y condiciones en una ciudad colombiana que por ese tiempo apenas inicia su modernización, destacando un viaje de paso que confirma la vida del inmigrante cargada de fuerzas emocionales. La atmósfera del allá y del acá geográficos expresa una poética de la travesía, muestra los rasgos particulares de una cultura y la tensión entre su lugar lejano y el nuevo, en el que solo puede reencontrarse la identidad con individuos de su lengua, religión, tradiciones y modos. Es claro en esta novela que la elección de Bogotá es un proyecto concebido de manera transitoria, pues se trata de buscar los medios para regresar al lugar de origen y pasar a Estados Unidos, donde existe una comunidad mayor de judíos. El periplo no se logra, pues Jacob muere y su esposa será degradada y señalada por faltar a los valores de la cultura y la religión a la que pertenece. Si en esta novela la tierra deseada es Nueva York, es claro que la alcanzada, Bogotá, es un lugar que exige producir porque todo está por hacer.

Con humor crítico, la voz narrativa acompaña a los personajes en sus tránsitos: si la leemos desde los hijos de los inmigrantes que le cantan a la tierra de los antepasados, también podemos verla desde otras cargas afectivas, la de Ruth y Jacob, la pareja protagonista, por ejemplo, vemos en el caso de ella, la historia de encuentro consigo misma frente a sus angustias, frustraciones y transgresiones; si es desde su marido, lo vemos en la preservación de unos principios o en sus negocios puerta a puerta, de la misma manera que los pequeños o los grandes comerciantes abriéndose camino en una ciudad ajena. Las 109 secuencias ofrecen múltiples planos y trazos de una ciudad en ebullición, en la que las identidades están en juego. El escritor aprovecha diversos elementos de la tradición para renovarlos en un verdadero entrecruce de relatos y tensiones. El resultado es una novela muy dinámica: de viajes, de aventuras, policial, de amor y de muerte, de visión de ciudad, sociedad y cultura, de historia. Una novela que, después de más de dos décadas de haber sido publicada por primera vez, sigue viva y fresca.

Luz Mary Giraldo, 2013.

Prefacio del autor a la cuarta edición

Cuando Esteban Hincapié me avisó que pensaba publicar la cuarta edición de esta novela, terminé tan sorprendido como don Quijote cuando le llevaron a su cama un ejemplar de sus aventuras. Esta escena de la segunda parte de las *Aventuras del ingenioso hidalgo don Quijote de la Mancha*, es una de las páginas más maravillosas de la literatura universal, ya que tenemos a un personaje de ficción que lee sus propias aventuras y Cervantes aprovecha dicho momento, en boca de su personaje, para controvertir a sus críticos y explicar algunos aspectos de la novela que consideró merecían ser aclarados.

Al igual que Cervantes deseo aprovechar este espacio para ahondar en algunos comentarios que me han hecho a lo largo de estos 22 años, desde que vio la luz la primera edición de esta novela. Muchos me han preguntado por la extraña puntuación y la abundancia de puntos y comas así como del uso de los dos puntos. Cuando comencé a escribir esta obra que rotaba alrededor de la vida de unos inmigrantes judíos que llegaron a Bogotá a instalarse y a vivir en el país, a finales de la década de los treinta, dudé sobre si era apropiado transcribir la fonética española característica del habla de estos inmigrantes. Su español fue adquirido en la escuela de la vida y las labores cotidianas, y por ello estaba lleno de errores de construcción como de dicción. Lógicamente, era un español quebrado con un fuerte acento europeo. Para algunos autores de la década de los noventa que emprendieron la tarea de escribir sobre los emigrados "turcos"*, que habían llegado a la costa Caribe del país, consideraron importante conservar el sonido del habla o la fonética de los inmigrantes que era muy particular. A mí me pareció que transcribir la forma en que hablaban, marcando su dicción y fonética cargaba sus conversaciones de un tono bufo, que no respondía a su realidad íntima. Más aún, se hacía énfasis en un aspecto costumbrista que me parecía inapropiado. Por haber conocido de cerca a dichos inmigrantes de cultura judía esquenazi, provenientes de Europa oriental, era consciente que hablaban un yiddish impecable y que muchos de ellos, por cierto, eran cultores del idioma. Por lo tanto, surgía la pregunta: ¿cómo marcar o señalar las peculiaridades del habla de estos inmigrantes sin ser despectivo o propinarles un sabor bufo?

Después de reflexionar al respecto, llegué a la conclusión que el fraseo y la construcción de las oraciones debía ser como las de cualquier hispanoparlante y que más bien intentaría marcar la diferencia fonética con la puntuación. Sería a partir de la puntuación que buscaría señalar la discordancia, ya que reproduciría o imitaría la puntuación de los textos de algunos autores yiddish. En otras palabras, la puntuación me permitía marcar una discrepancia, a partir de la respiración del yiddish, que la sobreponía a la construcción de las oraciones en español. Al fin y al cabo, la puntuación termina por ser la respiración del idioma. Solo confiaba que la puntuación del yiddish no impidiera la lectura o que rompiera con la fluidez del texto. Mi intención era simplemente indicar una diferencia en el habla, sin recurrir al tono caricaturesco que imprimía la dicción. Era un riesgo. Ahora bien, en la medida en que aparecía la segunda y tercera edición, todo parecía indicar que la puntuación no afectaba, en forma negativa, la lectura del texto y si bien resultaba extraña, ilustraba la diferencia. En últimas creo que esta opción estuvo bien y que en la literatura hay que jugársela y correr riesgos, de lo contrario no vale la pena.

Esta novela fue una de las primeras obras literarias que se escribió en Colombia cuyo universo rotó alrededor de la experiencia de la inmigración judía en el país. Vale la pena señalar que al final de la década de los treinta y comienzos de los cuarenta del siglo XX, el gobierno colombiano no miró con buenos ojos la llegada de estos inmigrantes y les puso todos los obstáculos posibles. La experiencia inmigratoria que marcó el desarrollo de países en América Latina como Argentina, Brasil, Chile, Cuba o Uruguay, no se produjo en forma similar en la región andina. Colombia siempre mantuvo una actitud intolerante frente a la inmigración. En los años en que se desarrolla la novela, el presidente Eduardo Santos y su canciller Luis López de Mesa, quien tenía fama de "sabio", despacharon un decreto que circuló en las embajadas de Colombia en donde prohibía que se le expidieran visas a los judíos, que constituía en últimas una carta de salvación para muchos ante la amenaza nazi que ceñía sobre sus cabezas. No obstante la actitud gubernamental antisemita, xenófoba y racista, esta no perjudicó a aquellos inmigrantes europeos que lograron, evadiendo las disposiciones legales, arribar a las costas colombianas. A pesar de la prohibición, no se reportaron extradiciones, aun cuando muchos llegaron con papeles falsos o afirmando que se dedicarían a oficios que nunca conocieron como el de "técnico agrícola". Quizás esta circunstancia refleja el mar de contradicciones e inconsistencias que hasta hoy caracterizan al país: una cosa es lo que dice la ley y otra la realidad.

Fueron muchas las preguntas que me formulé para investigar y escribir esta novela, entre ellas: ¿Cómo era el diario vivir de los inmigrantes? James Joyce afirmaba que la novela tiene que ver con la cotidianeidad más que con los hechos extraordinarios, que debíamos dejárselos al periodismo. Por lo tanto, emprendí la labor de averiguar y entrevistar a varios inmigrantes sobre su llegada, cómo y de qué manera cocinaban, cómo trabajaban y vendían sus mercancías de puerta en puerta sin conocer el idioma. Me interesó entender, ¿cómo consiguieron las primeras mercancías?, ¿cómo fueron las ventas a plazos que implantaron en la ciudad?, ¿cómo enterraron a sus primeros muertos?, ¿en qué barrios de la ciudad vivían?, ¿cómo se distraían?, ¿a qué cafés iban?

Ahora bien, encontré que muchos de los lugares que eran habituales para estos inmigrantes, como el café Windsor, ya no existían. En ese sentido, en muchos momentos tuve que reconstruir una ciudad que ya no era. Por consiguiente, también hubo mucho de trabajo arqueológico detrás de la escritura de esta obra.

Tuve la suerte de entrevistar a un buen número de inmigrantes de la primera generación, que estaban vivos y que llegaron a Colombia antes o durante la segunda guerra mundial. En las entrevistas descubrí que todos los recién llegados alquilaban piezas y que hubo inquilinatos judíos en Bogotá. Este hecho me llamó la atención porque la situación de estos recién llegados no era muy diferente a la de los habitantes pobres de la ciudad. Bogotá durante las décadas de los treinta y cuarenta estaba llena de inquilinatos y padecía una escasez de viviendas muy acentuada. Ahora bien, hoy no encontramos inquilinatos judíos en la ciudad. La inmigración genera lo que llaman los sociólogos, una adversidad positiva, pues al no haber un camino de retorno, no queda otra alternativa que salir adelante. De ahí que el tesón terminó por ser una característica típica de los inmigrantes de esa generación que los llevó a superar las dificultades y acomodarse con relativa rapidez a la realidad nacional.

Esta búsqueda o pesquisa sobre cómo vivían los inmigrantes me llevó a leer los trabajos fundamentales sobre la inmigración en general y la judía, en particular en países como Estados Unidos y Argentina. Quizás una de las obras que más me impresionó fue la de W. I. Thomas y F. Znaniecki, sobre la inmigración de los campesinos polacos a Chicago a finales del siglo XIX y principios del XX. Su trabajo titulado *El campesino polaco en Europa y América*, vino a ser uno de los primeros estudios sociológicos en Estados Unidos y hoy es considerado un texto clásico. Esta obra utilizó entre sus materiales un paquete de correspondencia que sostuvieron diversas familias polacas con sus familiares en Europa. A partir de estas cartas es posible ver el mundo de estos inmigrantes, las fórmulas y encabezados con que se escribían, así como sus quejas, dolores, el paso de una sociedad tradicional a una moderna y el cambio de normas que terminó por afectarlos y transformar sus costumbres y tejido social.

Un libro de crónicas que me ayudó a comprender aspectos sobre la vida de los judíos en Bogotá fue *Yo vi crecer un país* de don Simón Guberek. Por cierto, este texto llevó al ex-presidente Alberto Lleras Camargo a escribir un artículo que publicó en la revista *Visión* en donde hablaba de las ventas a plazos que ellos hacían y que calificó como: "una humilde revolución". Decía Lleras Camargo:

"Inventaron el crédito a personas que siempre se juzgaron insolventes... Después de colocar los artículos, establecían una tabla mínima de pagos semanales, cincuenta centavos, un peso, y volvían cada domingo (jamás el sábado sagrado, a pesar de ser día de pagos) a recaudar su crédito de confianza a esos millares de personas humildes, artesanos, empleados domésticos, obreros no calificados, por todos los barrios pobres. Y no solo en ellos sino buscando en la capa más pobre de la burguesía su clientela. Y vistiéndola, y cambiando poco a poco la faz de una nación de campesinos en algo mejor, menos pintoresco, más uniforme, pero también más igualitario".

Otro autor que me marcó durante este período de formación e investigación fue don Salomón Brainski con su libro de cuentos: *Gente de la noria*. Escrito originalmente en yiddish y trasladado al español por el poeta Luis Vidales en colaboración con el autor. Muchos de estos cuentos merecen ser descubiertos, pues constituyen una de las primeras obras de literatura urbana del país, donde se describen y revelan los temores que compartían y cómo eran las relaciones entre los inmigrantes recién llegados y los habitantes pobres en los extramuros de la ciudad.

Out of the Shadow de Rose Cohen, la experiencia de una joven inmigrante judía rusa en Estados Unidos, publicado en 1918, me ayudó a construir a la protagonista de la historia.

The World of Our Fathers, de Irving Howe, un libro precioso y verdadero clásico sobre la inmigración judía a los Estados Unidos por parte de las comunidades de Europa oriental a principios de siglo, me permitió comprender como, a pesar de las diferencias, había similitudes entre las diversas inmigraciones.

En términos literarios, sin duda, debo reconocer la influencia de la obra del gran escritor yiddish, Isaac Bashevis Singer quien también, en algunos de sus libros, abordó los dilemas de la inmigración. Indiscutiblemente los autores latinoamericanos del "boom" fueron esenciales para mi formación como escritor.

En fin, fueron variados los textos que me acercaron a las disyuntivas de este fenómeno y que me permitieron retratar la vida cotidiana de los inmigrantes, pero no me parece que este sea el lugar para una bibliografía más extensa. Solo quería señalar y reconocer la importancia de algunos de estos textos y autores, ya clásicos, que dejaron en mí su impronta y que espero haya marcado la escritura de esta novela. En últimas lo que uno siempre busca como autor es dialogar con los textos que admira y que lo han formado.

Debo confesar que con esta novela me acerqué al oficio de escritor, por cuanto fue mi *opera prima*. Y debo decir que con cada novela que se escribe, se comprenden mejor los vericuetos de esta labor. Sin embargo, con cada paso que se da resulta evidente que la literatura es una búsqueda y que toda obra lo lanza a uno al camino de lo incierto y que más que respuestas, se confrontan preguntas que abren un abanico de posibilidades y opciones. Sin duda, siempre se vive entre caminos bifurcados.

Solo quisiera terminar repitiendo, como bien anotaba Cervantes, que uno más que padre acaba por ser padrastro de sus obras y en cierta forma uno nunca sabe con claridad cuál será su destino. Por ello no deja de alegrarme ver que después de tantos años siga *El rumor del astracán* caminando. Y sí, lo importante es seguir adelante y que puedan repetir también la famosa frase que se le atribuye a don Quijote, pero que nunca aparece en la novela: "Ladran Sancho, señal que cabalgamos".

Azriel Bibliowicz
Bogotá, febrero 2013

---

* Los denominaban "turcos" en Colombia aun cuando la mayoría realmente eran de procedencia sirio-libanesa y cristianos maronitas y, sin embargo, vale la pena señalar que durante la primera década del siglo, estos inmigrantes llegaron con pasaportes turcos, ya que tanto Siria, Líbano, Palestina y Egipto pertenecían al Imperio Turco Otomano.

El rumor del astracán

En memoria de Rose K. Goldsen

Secuencia 1

Y Jacob murió un lunes; no sé a qué hora.

Saúl me buscó para que los ayudara en las diligencias funerales. El médico forense no estaba seguro si había muerto de una caída, ni que hubiera sido un accidente como sostenía la versión familiar.

Muchos a duras penas hablaban español: con trabajo comenzaban a penetrar el nuevo mundo. Calmé a Saúl asegurándole que todo se arreglaría antes del sábado. Me explicó que según sus leyes debía ser enterrado en tierra seca a más tardar el jueves.

—Espero que no llueva —agregó al despedirse.

Cuando llegué el martes a la alcaldía me informaron que el doctor Santamaría no estaba en su oficina, pero que no demoraba. Hice la debida antesala. El personero no aparecía. La secretaria obvió todo diálogo conmigo.

Al final de la tarde entró afanado.

—¿Hay alguna llamada importante?

Intenté saludarlo; fue imposible. Le insinué, con una sonrisa a la secretaria, que me anunciara. El haber permanecido frente a ella todo el día, no me ayudó. Después de hablar un minuto con su jefe me replicó:

—Usted no tiene cita.

—Lo sé señorita, pero le agradecería entregarle mi tarjeta.

Regresó recalcando:

—El doctor no lo puede atender hoy.

—¿Cuándo podré hablar con él?

—La próxima semana. Lo llamaremos.

—Sería tarde, señorita. Le suplico me ayude. Lo que me trae no espera.

Salió Santamaría. Me le atravesé.

—Doctor, perdóneme que lo interrumpa, necesito hablar con usted sobre una situación inaplazable.

Se detuvo molesto. Sus ojos me recorrieron hasta que descubrió mi anillo heráldico de ónice tallado.

—Me espera el secretario de gobierno. Recibí su tarjeta. Mañana lo recibo.

El miércoles hablé con él. Estaba detrás de un escritorio de madera. De su cuello colgaba un apretado nudo de corbata; del chaleco una leontina de oro.

Expliqué los hechos. Confiaba en que la alcaldía ayudaría a estos inmigrantes, cediéndoles un terreno y los permisos funerarios. Santamaría tomó unos papeles. Sin levantar la vista objetó:

—Imposible. La iglesia es dueña de todos los cementerios.

—Perdón, ¿eso qué significa?

—Los que no son bautizados, no tienen porque ser enterrados en este país.

—¿Qué hacemos con el cadáver?

—Ese es su problema. Ahí verán si quieren enterrarlo en el cementerio de los suicidas.

—No creo que sea justo. ¿No practica usted la caridad cristiana?

—¿Son ellos cristianos? —respondió y levantó su cabeza engominada para sellar la conversación.

—Pienso recurrir al alcalde.

—Si ha estudiado leyes, como sugiere su tarjeta, sabrá que yo firmo ese tipo de permisos. Le recuerdo que el alcalde y el gobernador son de misa y comunión diarias.

—Buenos días, doctor Nieto.

Salí perplejo. Busqué a Saúl, en casa de Jacob. Diez personas acompañaban el cadáver, que descansaba en el piso cubierto por una manta negra con una estrella de

David dorada en el centro. Sobre unos platos alumbraban velas. Los espejos de la casa se hallaban cubiertos con sábanas.

No supe cómo comunicar las dificultades. Llamé a Saúl aparte; le conté lo ocurrido. Insinué que debía considerar la posibilidad de realizar un bautizo pasa así enterrarlo en el cementerio central.

—Te aseguro que no será bautizado.

No me atreví a proponer el cementerio de los suicidas: era más insultante.

—Enviaremos el cadáver a Curazao o a Jamaica, en un ataúd de metal. Allá sí hay cementerios judíos. Espero que logres ayudarnos con esos trámites.

Me incomodaron sus palabras. Miré a Ruth, la viuda, y contesté:

—No habrá necesidad. ¡Esos godos no me van a joder!

Nos informaron que un campesino vendía un terreno al suroccidente de la ciudad, en el barrio Inglés. Salimos a verlo. Tenía una finca de dos mil quinientas varas cuadradas, con una pequeña casa. Ahí se efectuarían los oficios fúnebres. Pidió mil trescientos pesos por el terreno. No regateamos, lo pagamos en efectivo. Como estaba deshabitado, nos lo entregaron de inmediato. Saúl ofreció dinero, pero la colonia lo rechazó.

Enterraron a Jacob a las ocho. Antes lavaron su cuerpo con tres baldes de agua, dejándolos caer de la cabeza a los pies. Lo amortajaron con una bata; cubrieron su cabeza con un solideo; lo vistieron con su taled o manto sagrado, ya sin una de sus trencillas; entre sus dedos colocaron pedazos de madera: servirían de bastones, para levantarse, cuando llegara el Mesías. Lo envolvieron en lino, al igual que los antiguos rollos de la ley. Lamentaron no enterrarlo en tierra de Jerusalén.

A Ruth le rasgaron la blusa. A la salida colocaron un balde con agua. Hicieron la ablución: remojaron sus manos dejándolas secar al viento.

Empezó a llover. Entre todos comentaban el altercado: la palabra accidente era una forma amable de disculpar lo sucedido.

Me acerqué a Saúl; miraba a Ruth. Sentí que los ojos, como cámaras salpicadas por la lluvia, proyectaban sus historias en estas tierras.

Secuencia 2

Abraham Silver retornó de América al viejo hogar. La fiesta que daban en su honor se comentaba en cada esquina de Szczuczyn. La historia de su fortuna corría de boca en boca.

Al llegar a Saúl, le aseguraron que Abraham era un Rothschild suramericano. Saúl consideró lógico que Abraham regresara, pero que hubiese amasado una fortuna… tal vez, no.

La señora Silver convidó a amigos de Abraham a su casa. Saúl se consideró invitado, aun cuando nadie le avisó. Necesitaba averiguar qué tan cierta era la jácara de indiano que maravillaba al pueblo. Instó a Jacob, a quien le importaba poco la historia de los millones de Abraham, que lo acompañara. Era la oportunidad de cenar una noche gratis.

—Dicen que vino a casarse —comentó Saúl.

El otoño vivía sus albores. Las lluvias inundaron las calles. Las botas negras de los transeúntes se llenaban de barro.

La madre de Abraham abrió la puerta. Lucía un vestido azul; su cuello arrugado: un sartal de perlas por las que fluía el olor a gardenias de un perfume francés.

—Sigan, sigan muchachos, que ya viene Abraham con Emma, su novia. ¡Cómo aparecen los amigos! ¡No sabía que fueran tantos!

Al fondo del salón se advertía: una mesa con trenzas de pan; platos de arenque en salmuera; una sopera con dulce de ciruelas pasas que nadaban en un espeso jarabe; dos botellas de aguamiel hechas en casa.

Jacob y Saúl tomaron vino mezclado con agua de Seltz.

Tres palmadas sobre la puerta interrumpieron las conversaciones.

— Abraham, Abraham ¡por fin llegaste!, ¡todos te esperan! —dijo la señora Silver, mientras plantaba un ruidoso beso en su mejilla.

Abraham lucía un abrigo de esclavina aterciopelada y sombrero príncipe en el que se destacaba una pluma verde. No hacía frío; pero llevaba puestos unos guantes de cuero de becerro y zapatos forrados con guardapolvos grises. Saludó a todos los asistentes levantado su mano derecha.

—Me alegro de que vinieran. Coman tranquilos, esta noche todo corre por mi cuenta... Mamá, ¿adobaste la carne?

—Claro. Ya está en el horno.

—Diviértanse, pues son mis invitados —repitió.

Abraham no se quitaba el abrigo. En su mano derecha: un bastón con mango de carey y nácar incrustado. En la izquierda: un grueso tabaco que llenaba la casa de un olor áspero y perfumado. Al desabotonarse el abrigo, los asistentes admiraron su gruesa corbata pisada por una perla gris.

Emma suspiró aliviada cuando, por fin, Abraham le recibió el abrigo de piel que le regaló con ocasión del compromiso matrimonial.

—Abraham, cuenta, cuenta cómo llegaste a Sud América.

Todos escuchaban: era su noche.

—Iba a Nueva York, a casa de mi prima Bashe, que viajó años atrás. Al llegar a Ellis Island revisaron mis papeles. Dijeron que no estaban en orden. Me subieron a otro barco y me bajaron en Cuba. Ahí en la sinagoga escuché que había un judío en Barranquilla que esperaba en el puerto, le ayudaba a uno a entrar y a conseguir los papeles en Colombia, todo por diez dólares.

—¿Y cómo tratan a los judíos?

—Allá no somos judíos —contestó Abraham— sino polacos. Todos somos polacos. Los rusos son polacos; los rumanos son polacos; los húngaros son polacos; hasta los polacos son polacos. Pero no polacos de Polonia, sino polacos de mierda.

—Entonces, tampoco nos quieren.

—Pero dejan trabajar. Es diferente. Se vende a plazos. Los plazos en Bogotá son polacos.

—¿Bogotá?

—Sí, una ciudad pequeña rodeada por montañas. Es más grande que este pueblo; pero se ve a la gente descalza en la calle. Los zapatos son un lujo. Si los usas a diario te llaman "doctor".

—¿Qué vendes?

—De todo un poco. Nuestros mejores clientes son los campesinos y las sirvientas. Ellas se envuelven en mantas negras llenas de flecos, que llaman pañolones. Les vendemos: pañolones; abrigos; paños modernos, elegantes. Las señoras de sociedad no nos quieren, pero hay más sirvientas que señoras de sociedad. Ganamos el pan de cada día.

—¿La policía los molesta?

—¿La policía? Ni los imaginas. Son pequeños, delgaditos y van con pantuflas que llaman alpargatas. No se parecen a los cosacos, ni andan a caballo. Figúrense, un día estaba en la calle y sentí ganas de orinar. Un judío, aun en Sud América, necesita orinar. Vi un potrero solitario; me escondí detrás de unos arbustos. De repente descubrí que venía un hombre uniformado. No supe qué hacer. Era imposible parar. Pensé: me va a pedir los papeles; me va a arrestar; me va a echar del país. De pronto se paró junto a otro arbusto, y dijo: "doctor un permisito". Se desabotonó la bragueta y con su *schmokale* comenzó a orinar. Esa es la policía.

—Entonces dejan trabajar.

—Y se gana. Por algo me llaman Abraham Plata.

Extrajo de su billetera unas tarjetas timbradas con su nombre y dirección. Las repartió una a una entre los asistentes. En el pueblo era la primera vez que alguien les entregaba una tarjeta.

—Tarjetas...

—Entonces en verdad es importante —dijo Jacob.

Abraham abrió su saco cruzado y extrajo dos talonarios:

—Les presento a dos amigos de Sud América, el First National City Bank y el Banco de Colombia.

Todos quedaron perplejos. Abraham se dirigió a la mesa y le solicitó a Emma que lo acompañara. Poco a poco se aglutinaron a su alrededor. Muchos de ellos jamás habían visto una chequera. Todavía guardaban su dinero en un rincón perdido de la casa.

—Aquí seré Abraham Silver, pero en Bogotá me llaman Plata. Abraham Plata. Con solo poner mi nombre en este papel me entregan plata.

Saúl quedó boquiabierto. Mientras Abraham hablaba, la exuberancia del trópico invadió el aire nórdico del comedor. Las medidas, las proporciones, se agigantaron. Se creaba un sueño dibujado en el aire con talonarios en vez de pinceles. El cuadro pareció ensayado con anterioridad. Ya que no era Abraham Silver del que se reían en Szczuczyn, sino el "doctor Plata". Frente a todos, expectantes, sacó una pluma fuente. Sobre la chequera, encabezada por letras góticas, pintó el número uno en la parte superior. Lo alzó para que todos lo vieran. Con calma escribió un cero; luego otro. Un suave rumor llenó la casa. Miró a todos. Firmó con un garabato ilegible cargado de rayas y ondulaciones. Se lo entregó a Emma y exclamó:

—Mi amor, cómprate lo que quieras.

Jacob dejó escapar la frase:

—Yo no gano ni un *groshen* al mes...

La madre de Abraham lo abrazó. Todos aplaudieron.

De repente, Saúl preguntó:

—¿Estás seguro que no asaltaste un banco antes de regresar?

Algunos se rieron.

—Así que crees que ganarse el pan en tierra extraña es fácil. Te apuesto a ti, a cualquiera, que al principio no son capaces de vender ni una yarda. Pasan semanas antes que se vea el primer centavo.

—Acepto —replicó Saúl.

—¿Cómo?

—¿No acabas de apostar? Estoy seguro que vendo más que tú en el primer mes que llegue a… ¿cómo se llama?

Abraham no acaba de creer lo que escuchaba. El reto lo tomó por sorpresa.

—Te crees muy inteligente. ¿De qué forma vas a llegar a Bogotá?

—Tú me pagas el pasaje. Si gano la apuesta no te debo nada.

—¿Y si la pierdes?

—Te devuelvo el dinero.

Abraham lo miró de arriba abajo. Se tornó hacia los asistentes y afirmó:

—Trato hecho. Más aún —agregó con desparpajo— si cualquiera de ustedes desea realizar la misma apuesta, también la acepto. No por nada me llaman Abraham Plata. ¡Quiero ver cómo termina ese bocón!

—Mi amigo Jacob, también acepta la apuesta —agregó Saúl.

—¡Estás loco! —susurró Jacob.

—No seas tonto —explicó Saúl en voz baja— aun si perdemos, ganamos.

—¿Cómo así?

—Si vamos a América, nos escapamos del servicio militar. ¡Quédate callado!

Jacob no había pensado en el servicio militar. Recordó que su padre prefirió sacrificar una de las falanges de su mano derecha, antes que ir al ejército y verse obligado comer alimentos prohibidos por la dieta religiosa. Además se decía que los judíos eran llevados al frente como carne de cañón. Siempre pensó que su destino sería igual al de su padre: ir a la barbería del pueblo y someterse a la mutilación.

La apuesta quedó pactada: la fiesta entera sirvió de testigo. Jacob salió preocupado. Jamás soñó con viajar a América.

—Colombia... nunca escuché hablar sobre ese país. Ni sé dónde queda.

—Mejor. Si hubieras oído hablar de él, quien sabe si nos dejarían entrar —contestó Saúl.

Pero nadie más quiso apostar.

—¡Qué importa! Fuimos afortunados —insistió Saúl. A Jacob no le convencían los argumentos.

—No te preocupes. Vamos por dos años, hacemos fortuna y regresamos.

Secuencia 3

Jacob llegó a la librería. Al abrir la puerta, un racimo de campanillas de latón repicó con fuerza. El sonido distrajo al viejo Yosel, que leía concentrado en su escritorio lleno de papeles.

Era un hombre grueso. Siempre vestía la tradicional gabardina negra que cubría sus botas. Las arrugas que se formaban en las solapas daban la impresión de que nunca se cambiaba de traje. Un solideo rodeaba su frente. De la comisura de sus labios colgaba una pipa curva que aspiró con fuerza, para acompañar las palabras con humo.

Al ver a Jacob lo envió a ordenar la última remesa de talmudes y masoras que acababan de arribar.

—También sería bueno que sacudieras el polvo —refunfuñó mientras continuaba con su lectura.

La librería era una larga habitación que se perdía al fondo con un corredor oscuro. Los estantes barnizados cubrían las paredes y Jacob usaba una escalera plegable para llegar a los entrepaños superiores.

Lo que más se vendía era literatura; hecho que contrariaba al viejo Yosel. A ratos se negaba a reconocer que dichos libros formaran parte de sus inventarios, que desplazaran los textos religiosos. Prefería desconocer su existencia, porque fuera del mundo religioso, de la ley, todo era un anatema. No comprendía cómo un Shalom Aleijem, I. L. Peretz o un Mendel Mojer Seforim, llegaran a anteponerse a la palabra del Señor. Por ello, añoraba los días en que su librería era el sitio al que llegaba en busca de textos litúrgicos. En aquellas épocas no solo se hacía negocio, sino proselitismo, que lo llenaba de orgullo. Ahora eran libros mentirosos, colmados de disparates, cuentos, los que proveían la sopa del sábado.

Una forma extraña de trabajo imperaba en la librería. Jacob atendía solo a las señoras, quienes por lo general entraban a preguntar por libros laicos. El viejo Yosel velaba por los clientes interesados en los textos religiosos.

Por la tarde, Jacob subió a limpiar los estantes y lijó los lomos de aquellos libros manchados que descansaban en el último anaquel. Le fastidiaban: el polvo; el moho; el olor a madera curtida. Su nariz se irritó y el tufillo roñoso lo hizo estornudar. Mientras soplaba el aserrín que fabricaba, no supo cómo decirle al viejo Josel que se iba para América.

"…Sé lo que me va a decir… Me preguntará, ¿y cuántos estudiosos de la ley piensas encontrar por allá?... ¿No es este un buen trabajo?... Si quieres vivir entre herejes, ¿no te basta con este pueblo?..."

Jacob reflexionó sobre las palabras con que el viejo Yosel reprocharía su partida. Lo peor era que tenía razón.

Abraham les había prestado el dinero. Incluso fijaron una fecha para el viaje. Sin embargo, no era capaz de comunicarle su partida.

Quiso interrumpirlo pero no le salieron las palabras. Busco excusar su temor diciéndose que no deseaba pelear con el viejo, como lo hizo Saúl con el señor Katz en la talabartería. A Saúl lo acusaron de ingrato y desagradecido. La posibilidad de una escena similar lo azoraba. Eran pocos los empleos en Szczuczyn y muchos deseaban una oportunidad como la que el viejo Yosel le ofrecía: un trabajo estable. El hambre apretaba.

"...¿Cómo puedes dejar el trabajo por una aventura?... una apuesta que ni tú mismo has casado... ¿Qué vas a hacer en América?...No conoces a nadie...".

Llegó el momento en que el viejo Yosel notó el silencio de Jacob. Imaginó que se le había olvidado cobrarle a un cliente.

—Hay páginas que no merecen ser leías —comentó el viejo Yosel.

Jacob no entendió la reflexión. Quería odiar al viejo. Intentó encontrar alguna razón para estar furioso con él; pero no: era un hombre devoto, estudioso de la ley, cuidaba el sábado, además era caritativo.

—¿Reb Yosel?
—¿Sí?
—No... nada... ¿Dónde coloco estos libros de oraciones?
—Tú sabes ¿Por qué preguntas? ¿Qué sucede?
—No...
—Parece que tuvieras lombrices, hombre. ¿Se te olvidó cobrarle a algún cliente?
—No... me voy.
—Espera un poco. En media hora cierro y salimos juntos.
—Parto a Sud América.
—¿Sud América?

Jacob apretó sus dientes, bajó la vista hacia el libro y lo lijó con fuerza.

—¿Sud América? —repitió el viejo Yosel— sabes, desde niño siempre quise viajar. Soñaba con el rabino Benjamín de Tudela y recorrer como él tierras extrañas. Ahora mis pies a duras penas me permiten llegar a la esquina.

El viejo Yosel se acercó a uno de los estantes, metió su mano al fondo del mismo para entresacar un voluminoso texto. Lo sacudió. Eran: las *Crónicas del Rabino Benjamín*.

Abrió el libro.

—Sud América debe ser como la China —explicó el viejo Yosel— el Rabino Benjamín fue el primero en llegar a esas tierras. Algunos dicen que fue un tal Polo, pero no es cierto. ¡Mentiras de los gentiles! Fue el rabino Benjamín. En el año cuatro mil novecientos veintisiete, pisó las tierras del Khan y escribió sobre ello.

Jacob no terminaba de asombrarse. Las gruesas páginas del libro ayudaban al viejo Yosel a rememorar las anécdotas y los caminos del rabino.

—Si quieres saber cómo vivían los judíos en otros países, te basta consultar este libro.

Las páginas impresas lo transportaban a tierras lejanas.

—¿Sabías que existían judíos navegantes? Otros venden pieles, paños y sedas. Todo está aquí: sus vestidos; costumbres; comidas; las calles de las ciudades que recorren…

Jacob nunca imaginó al viejo Yosel con un libro laico, un texto fuera de la ley.

—No es un libro sagrado —anotó.

—Sí, pero no es como otros. Estas son historias verdaderas. Son hazañas, aventuras de un rabino andante.

El viejo Yosel continuó la revisión de las páginas e igual que si leyese un sueño, advirtió:

—Guarda el sábado. No te vuelvas gentil en tierras extrañas y cuídate de los falsos Mesías. El rabí Benjamín nos cuenta de uno, Menajem ben Salomón. Esos profetas de pacotilla con sus adulaciones y encantos, conquistan las pasiones. Los que creyeron en sus sueños, subieron a los edificios, vestidos de verde, para esperar que el "nuevo" Mesías los llevara a la tierra prometida en las alas de los ángeles. Sufrieron al descubrir la realidad. Las equivocaciones del corazón son dolorosas.

El viejo Yosel cerró de un golpe el libro. Repitió la frase bíblica:

—"Sé fuerte, sé fuerte, seamos fuertes también".

—Regresaré pronto…Solo voy por dos años.

Secuencia 4

La conmoción en el Caribia—Hamburg vaticinaba el arribo del barco a tierra. Abraham les explicó que llegarían a Puerto Colombia. Sus pasaportes descollaban por su apariencia extraña. En el mercado negro sus opciones no fueron las mejores: compraron lo que había. La cara de sospecha del oficial polaco en el puerto de Gdynia alcanzó a preocuparlos, pero, ¿quién iba a detener a unos judíos por abandonar el país?

Abraham aseguró que los esperarían. El barco de carga tiró una manila delgada. Los trabajadores del puerto la cobraron e hicieron llegar un cable grueso. Las pesas facilitaron el atraque. El muelle con tablones y pilotes de pino cresolado les dio la bienvenida. El mar era como un plato bordeado por piedras disformes. Cactus y trupillos acorralaban el paisaje.

El sol los obligó a quitarse los sacos. Se aflojaron la corbata. Jacob desabotonó su chaleco. Los condujeron a un edificio blanco de techos altos. Una negra con una batea en la cabeza ofrecía: alegrías; panelitas y cocadas.

Buscaron ansiosos a la persona que Abraham aseguró los ayudaría con los papeles y diligencias.

—Nunca se me ocurrió. ¿Cómo se busca a un judío en un país extraño?

—¿Por la nariz?

—Tengo una idea. Todo judío reconoce las trencillas de su manto sagrado. Tú siempre vistes con un pequeño taled debajo de la camisa. Saca las trencillas; deja que sus nudos cuelguen como banderas.

Jacob se sintió incómodo.

—Eso, deja que las vean —insistió Saúl.

Se quedaron parados. Miraban pasar la gente de lado a lado. Sus facciones de extranjeros despertaron la atención de los vendedores ambulantes en el muelle. Las trencillas del traje de Jacob ofrecían una escena poco común. Los pasajeros avanzaban por inmigración y aduana, mientras ellos daban largas a la espera confiados en que alguien se les acercara. Un maletero intentó ayudarles, pero con gestos le señalaron que no era necesario. Saúl vio a un joven con un fino poncho.

"…¿Será que en América le cortaron las trencillas al taled; solo conserva nudillos y rayas?…".

Si bien el pocho guardaba un curioso parecido al taled, no acababa de persuadirlo. Frente a la duda, se acercó al hombre. Lo saludó en yiddish.

—Shalom Aleijem.

—¿Cómo?

Saúl levantó su sombrero, disculpándose, y regresó donde Jacob.

—¿No será todo cuento de Abraham? ¿Por qué confiamos en él? —Refunfuñó angustiado Jacob— ¿Ahora qué vamos a hacer?

La fila frente a los oficiales era cada vez más corta. Solo quedaban dos pasajeros por revisar. El oficial al verlos, les indicó que siguieran. Colocaron un billete de diez dólares entre sus pasaportes. Ante la insistencia recogieron sus maletas y se acercaron. Un sargento tomó los documentos. Les preguntó de dónde venían, pero ninguno contestó. Al oírlos hablar entre sí, dijo:

—Son unos místeres.

Seguían en la búsqueda de quién debía recibirlos.

—No dejaron ni que el maletero recogiera el equipaje, mi sargento —recalcó uno de los oficiales de la aduana.

El sargento revisó los pasaportes: descubrió los billetes que tomó con naturalidad.

—¿Cuánto tiempo piensan quedarse?

Jacob y Saúl se miraron sin comprender qué indagaban. Detallaban impacientes su alrededor.

—¿A quién buscarán con tantas ganas? —Le preguntó el sargento a uno de los oficiales y dio la orden: —¡Revísenlos bien!

Los agentes escarbaron las maletas, mientras el sargento continuó atento a los documentos. Pasaba una y otra página para comentarle a uno de los compañeros:

—Estos gringos son de buenas, menos mal que sé leer estos garabatos, si no, se jodían.

El subalterno le contempló:

—Usted sí sabe cosas, mi sargento.

—Estoy seguro que traen contrabando. ¡Inspeccionen bien esas maleta!

Los oficiales les formulaban preguntas que no hallaban respuestas. En los rincones de las valijas entraban las manos ansiosas a revolcar la ropa arrugada por la travesía.

Saúl le ofreció un cigarrillo al sargento con una sonrisa. Este lo aceptó y el resto del paquete se repartió entre los guardias.

—Un cigarrillo americano curioso. Esta marca no la conocía —comentó el sargento mientras rastrilló una cerilla y le ofrecía lumbre a Saúl.

—¿Qué encontraron?

—Nada, ropa sucia.

—¡Cómo que nada! ¡Debe haber algo ahí! ¡No ven que hasta los cigarrillos son de matute! ¡Córtenles lo que sea, pero encuentren qué llevan!

—Pero, sargento...

—Aprenda agente. Como dice mi coronel: "Autoridad que no abusa, se desprestigia".

Jacob miraba con insistencia a su alrededor, con la esperanza de que a última hora los salvaran. Al sacar los agentes unas navajas, los dos se asustaron.

—Ahora qué hacemos...

—¿Tienes la tarjeta de Abraham?

Jacob sacó la tarjeta y se la entregó al sargento.

—Así que este es el contacto. Ya confiesan.

Jacob caminó de un lado a otro. El calor multiplicó el agobio. Al verlos rajar la maleta, no resistió más. Rasgó la costura de su saco. Extrajo veinte dólares que había guardado como una eventualidad. Se los dio al sargento con los ojos enrojecidos. Este recibió el billete, para gritarle a los agentes:

—¡Amanecemos aquí si es necesario! ¡Coño, quiero saber qué traen!

Les quitaron los sacos, rompieron las costuras, requisaron y vaciaron pieza por pieza las maletas. Después de dos horas, el sargento se convenció que nada había.

—¡Gringos güevones! Nos pagaron y no traían ni mierda.

—¡García, sélleles esos papeles. Deles pita para que amarren sus trapos y se larguen!

Secuencia 5

Saúl quedó con algún dinero y tomaron un bus que los dejaría en Barranquilla. Los impactó la carrocería de madera: abierta, sin ventanas. En el techo cargaban racimos de: bananos; papayas y costales de piña.

Descendieron en la Calle del Comercio con sus maletas deshechas. No sabían a dónde dirigirse. Caminaron algunas cuadras. Iban en busca de una sinagoga, pero si no hallaron al judío en el puerto, ¿cómo localizarían la sinagoga?

Notaron un cartel que anunciaba: Telas Ezkenazi. No sabían que significaba la palabra telas, pero Ezkenazi era un apellido judío. Decidieron entrar. Una muchacha de tez oliva con un delantal rosado los recibió detrás de un mostrador variopinto.

—¿Ezkenazi?

—Oye, llámate a Ezkenazi, aquí en la puerta lo necesitan unos señores.

La vendedora detalló unos aspectos desaliñados y sus maletas desvencijadas, que no inspiraban confianza. A los pocos minutos salió del trasfondo un hombre moreno con una dentadura resplandeciente.

—Sí; ¿a la orden?

Saúl y Jacob intentaron hablarle en yiddish, pero a los pocos segundos descubrieron que, a pesar de su apellido, no comprendió ni una palabra.

Rafael era un judío turco de Alepo. El yiddish era un idioma extraño para él. Intentó hablarles en su idioma judío: el ladino; pero ellos tampoco entendieron ni una palabra. Las arcaicas palabras del español antiguo provocaron la risa de las empleadas.

—Como habla de gracioso don Rafael —comentó una de las muchachas.

—En vez de reírte, ofréceles a los señores algo de beber.

—Perdón, ¿les gustaría un café o una kola Román?

Ninguno de los dos pudo adivinar el sentido de las palabras.

—Josefa no preguntes tanto. Tráeles un refresco a los señores.

Jacob prefirió no tomar la bebida. Saúl en cambio la aceptó con gusto. Trataron de hablar de nuevo, pero no llegaron lejos. Para todos fue un encuentro extraño: era la primera vez que Saúl y Jacob conocían a un judío que no hablara yiddish. La piel morena, bronceada por el sol, los llevó a dudar si en verdad se hallaban frente a otro judío. Ezkenazi habló algunas palabras litúrgicas en hebreo, que crearon una pasarela entre ellos. El hebreo era un idioma sagrado. No de uso cotidiano. Ninguno lo dominaba, pero sus sonidos fabricaron un canto de tranquilidad.

Por sus sacos raídos y el estado de las maletas, Rafael pensó que eran unos desmazalados. Optó por enviarlos a la casa en la Calle de las Vacas, donde rezaban a diario los judíos de Europa oriental.

Josefa los llevó. El aire turbio, el olor de las cañerías desbordadas acompañó sus pasos.

—¿Adónde nos habrá mandado ese negro? —preguntó Saúl.

Al cruzar la calle Josefa reconoció a Leibish y agitó su mano derecha para que se acercara.

—Aquí le traigo unos paisanos suyos, que no hablan ni jota de español.

Los dos se alegraron de oír su lengua madre. Jacob preguntó por un sitio donde pernoctar.

—En la casa que alquilamos como sinagoga encontrarán colchones.

Relataron lo que le les sucedió en la aduana. Cada uno sacó sus pasaportes para enseñarlos.

—Esta semana no fui al puerto —comento Leibish al mirar los documentos y agregó —perdónenme, pero esto no es suficiente. En este país se necesitaban sellos, copias de todo en rosado; azul; amarillo…

—¿Qué más debemos hacer?

—Todavía falta, para eso me tienen a mí. Mañana mismo los acompaño a terminar todo. Les voy a hacer un precio especial, así que no se preocupen. Somos paisanos ¿no?

Secuencia 6

Dejaron sus golpeadas maletas en unos cuartos laterales al patio de ropas. Llegaron justo para el rezo. A Leibish le averiguaron sobre los forasteros. Mencionaron el nombre de Abraham Silver el cual fue reconocido por los asistentes, y alegró los corazones de Saúl y Jacob. En Barranquilla varios judíos sabían quién era Abraham, que vivía en Bogotá y era dueño de un almacén en la Calle Real.

—Vamos a trabajar con él. Somos del mismo pueblo y amigos —dijo Jacob.

—Casi hermanos —agregó Saúl.

El arquisinagogo invitó a Jacob a dirigir el rezo. La oferta lo honró. Colocaron un taled sobre sus hombros. Tornó hacia el oriente para iniciar las barahás; meció su cuerpo al ritmo de las palabras. El rezo duró poco. Al concluir Jacob se acercó a Leibish. Le preguntó si había un lugar donde prepararan comida según la dieta religiosa.

—¡Aisen, le conseguí a tu señora un par de clientes esta noche!

Leibish lo endosó, pero antes advirtió:

—Mañana después del rezo matutino nos dedicamos a arreglar sus papeles.

Secuencia 7

Aisen les contó por el camino que tenía un pequeño granero. No le iba mal, pero tampoco "hacia América", su mujer cocinaba para complementar las entradas con algunos centavos extras.

—Por lo menos no se pasa hambre —dijo para consolarse.

Al entrar, la señora Aisen se limpió las manos en su delantal. Una pañoleta cubría su cabellera. Les preguntó ansiosa:

—¿De dónde vienen?

Al no ser húngaros se esfumó la posibilidad de que conocieran a algún miembro de su familia. Por ello dejó de prestarles atención.

Jacob indagó si en la ciudad había un matarife que degollara las reses para que la carne fuera trifa y cumpliera los requisitos de la dieta religiosa.

—No —respondió la Aisen—, pero tenemos pescado en abundancia y mi marido, de vez en cuando degüella pollos.

Siguieron a una mesa alargada. Cada uno dejó cinco centavos sobre la mesa. Saúl y Jacob se sorprendieron al descubrir las tradicionales bolas de pescado a la *gefilte*, acompañadas por tajadas de plátano frito.

La señora Aisen llevaba años en la ciudad. Si bien el trópico invitaba a cambios, no esperaban saborearlos tan pronto. Saúl ensayó el plátano que sintió agradable con el pescado, que también guardaba un sabor dulzón. La pasta horneada, adobada con grasa de pollo, le recordó los platos caseros del viejo hogar.

Secuencia 8

Leibish los condujo a la esquina del Paseo Bolívar y Líbano. Saludó de mano a la secretaria y le entregó los pasaportes. Durante la mañana el único que habló fue él, llevándolos a firmar papel tras papel, sellados de escritorio en escritorio. Al revisar Saúl los suyos descubrió que a su apellido le alteraron una letra: en lugar de Fishman aparecía Pishman. Cuando Jacob notó el error sonrió. Saúl preocupado, le insistió a Leibish que corrigieran el descuido.

—Perdone señorita, pero hay una equivocación. El apellido es Fishman, con F.

La joven tomó el documento lo miró con indiferencia.

—Ah, eso no importa. Al fin y al cabo está en inglés.

Leibish quizo ser paciente. Le explicó que todo el sentido cambiaba, pero a ella le interesaron poco los argumentos. Con una moneda de cinco centavos la persuadieron a rehacer todas las copias.

—A América se llega con un nombre, se sale con otro. En una semana les entregarán las cédulas. Bienvenidos a Colombia —exclamó Leibish y abrió su mano invitándolos a cancelar lo acordado.

Secuencia 9

En el Café Roma se sentaron frente al cañón verde del Paseo Bolívar. Aún recuerdo la mirada de Jacob extrañado con la carcasa de los días de la Independencia. Me encontraba discutiendo con Rómulo sobre la dictadura de Juan Vicente Gómez cuando el grito de Leibish nos interrumpió:

—¡Presidente! Sírvanos unos refrescos.

Incómodo le pregunté a Rómulo:

—¿Quién es el personaje?

—El polaco Leibish... Es pendejo, pero buena gente.

Fue la primera vez que los vi. Me conmovió ver como la

perplejidad se dibujaba en sus caras. Lo más común los hipnotizaba. Mientras Rómulo y yo discutíamos sobre política y el futuro, para ellos solo existía el presente.

Leibish levantó la mano. Volvió a interpelar nuestra conversación.

—Dime una cosa. Rómulo ¿cuándo seas presidente en tu país, vas a acabar con todo este papeleo?

—Cuando yo sea presidente, todos los problemas se van a acabar, porque a tipos como tú los pienso encanar.

Leibish rio y les explicó:

—Un venezolano buen muchacho... bueno mientras llegas a presidente tráenos la cuenta.

Jacob no dejó de observar el cañón pintado de verde y quiso conocer la razón de su decoración. Leibish le pasó la pregunta a Rómulo, quien a su vez me la endosó:

— Hernando, ¿sabes tú por qué se pintó ese viejo cañón de verde?

Expliqué que venía de los días del Libertador, pero mi respuesta no pareció satisfacerlos.

Secuencia 10

La operación de carga en el terminal de la Antioqueña estaba a punto de culminar. Sobre un planchón forrado en láminas se acomodaban maderas, barriles y reses en corrales diseñados para el viaje. El Ayacucho se deslizaría por las aguas achocolatadas del río Magdalena engalanado con un pequeño cañón sobre la cabina del piloto.

El capitán al cerciorarse que todos los pasajeros estaban a bordo, le gritó a uno de los bogas que soltara los cables de amarre e hizo pitar tres veces el vapor. La gente en la orilla agitaba sus manos.

Reconocí a Jacob cuando señaló el arma. Alcancé a escucharlos hablar. Descubrí que su idioma no era polaco sino un alemán, diferente del que escuché en Viena, en donde estuve como agregado consular. La curiosidad, el haberme tropezado con ellos en el Café Roma, me llevó a saludarlos. Entablamos una conversación a pesar de su alemán salpicado de palabras que no lograba descifrar.

Se quejaban del calor. Los convidé a que pasáramos al salón principal: uno de los pocos lugares de la nave donde el aire se batía con abanicos de madera. El Ayacucho era de tres pisos. En el segundo quedaban los camarotes y el área social. Los invité a un refresco. Jacob prefirió una limonada natural, Saúl me acompañó con una cerveza. Detalló la etiqueta del águila pintada sobre el globo terráqueo.

—La fabrican alemanes —expliqué.

Al oírnos, el mesero comentó que el capitán también era extranjero.

—Suizo —recalcó.

Se quitaron los sacos para que el aire de los abanicos los refrescara. No vestían ropa adecuada para el trópico. Abraham les advirtió que Bogotá era una cuidad fría. Creyeron que bajarían directo del barco a dicho clima. Saúl se mostró agradecido cuando cancelé las bebidas. Jacob era más distante. Se despidieron para retirarse a su camarote.

En los corredores la brisa alivió el recorrido. Contemplé el río con sus playones y rancherías en donde pescadores trashumantes seguían el curso del bocachico. Sobre una piragua, un hombre delgado con sombrero "vueltiao" se paró para lanzar una atarraya que se abrió como una flor sobre el agua.

Por el tamaño del vapor y sus limitados puntos de encuentro al día siguiente nos topamos en el comedor. De nuevo les ofrecí un refresco. Al principio no quisieron aceptar, pero insistí y volvimos al tema del calor. A los pocos minutos apareció el capitán de uniforme blanco: porte inmaculado. Mientras se acercaba dio un par de instrucciones al práctico. Su tono de mando los previno: recordaron al oficial de la aduana. El capitán ya estaba informado de que en su nave viajaban extranjeros que hablaban su idioma. Con un tono juguetón dijo al verlos:

—No me gustaban los barbudos, aun cuando mi abuela tuvo barba.

Saúl y Jacob se miraron sin pronunciar palabra. El capitán, al ver que su broma en vez de romper el hielo los congeló, pasó a otra tema.

—¿Ya vieron los caimanes? Las babillas son una de las grandes atracciones del río. A la gente les encanta; asustan pero no resisten la tentación de buscarlas. Ya las olerán. Es una lástima que por el ruido de las máquinas del vapor no puedan ver los tigres. Los antiguos viajeros en los champanes se deleitaban con sus miedosas simetrías y temible elegancia.

— Capitán, ¿cuánto lleva en Colombia? —pregunté.

— Más de lo planeado. El Main era mi río. Piloteaba una pequeña embarcación cuando recibí la oferta de conducir esta nave. Me preguntaba, ¿cómo sería el país que lleva el nombre del más grande de los navegantes?... suena loco, pero sin un toque de locura, las andanzas solo serían invento de la fantasía. Soy una naturalista aficionado. Aquí se conserva una vieja tradición de expediciones botánicas... excúsenme que corte la conversación en forma abrupta, pero debo regresar a la cabina. Más bien, los espero esta noche en mi mesa a la hora de la cena. Disfruten el paisaje —agregó antes de partir— a ratos creo que justifica y salva esta tierra.

Secuencia 11

En el camarote, Saúl le insinuó a Jacob que se afeitaran las barbas, ante la crítica del capitán.

—Es mejor hacerlo ahora y no forzados.

Jacob se puso nervioso. De acuerdo con las leyes religiosas ningún filo debía tocar su cara. Por generaciones en su familia los hombres llevaban barba.

—Debemos ser gentiles en la calle. Judíos en la casa —concluyó Saúl.

—Odio este país. ¡Para qué vine! El viejo Yosel tenía razón.

—Tranquilo, no te vas a quedar para siempre. Más bien piénsalo por este lado; nos quitamos la barba, aumentan las ventas. Regresamos a casa antes de lo esperado.

La idea de rasurarse lo humillaba. Se acarició la barba. No se imaginó en el estudio de la Tora sin ella. Era más que simple pelo. Si trasquilársela le daba el pasaporte al nuevo mundo, no deseaba dicho ingreso.

—¡Lo único que me falta es comer cerdo!

—No vas a llegar a eso.

Esa tarde cuando el Ayacucho efectuó una parada para descargar mercancías, Saúl compró tijeras y una barbera. En el camarote sobre el aguamanil se la cortó. A Jacob le temblaba la mano, el paso de la cuchilla lo lastimó.

—No vas a ser más ortodoxo si te degüellas —aseguró Saúl—. Agradezcamos que no nos jalaron las barbas, como lo hacían los oficiales en Szczuczyn.

Secuencia 12

El río era un machete que abría una trocha a su paso. Al oscurecer seleccionaron una ceiba para amarrar la embarcación. Varios bogas saltaron a la orilla. Los pasajeros, en especial las jóvenes, admiraban los musculosos torsidesnudos mientras efectuaban el anclaje.

En el comedor los abanicos batían el aire para alivio de los comensales. Cuando entré, el capitán indicó que me acercara. A los pocos minutos llegaron Jacob y Saúl recién afeitados.

—He pedido a uno de los muchachos que eche insecticida a sus camarotes. Les recomiendo usar el mosquitero —advirtió el capitán.

En la conversación se refirió al tempranero: un mosquito que aparece al ocultarse el sol, y a la paloma: un zancudo con una plumita azul en las patas.

—A veces llegan a media noche, en ocasiones en la madrugada. Las extremidades son sus puntos favoritos.

La sola narración daba ganas de rascarse.

—Mañana, cuando pasemos por Zambrano, les sugiero los tabacos. Vale la pena comprar un ciento. Fumar por estas tierras es bueno; espanta los bichos.

Sus dientes ocres eran testimonio de como disfrutaba el humo de las calillas. Luego nos explicó que no todas las hojas eran iguales. Las de primera: la capa, la plancha, de aroma terso; las de segunda: el cajuche, el jamichón, más ásperas; las de tercera: la zarcera, la soca, fuertes de consumo popular.

—El conocedor escoge el tabaco según el sabor y la ocasión —agregó.

Después de hablar sobre las hojas, venas y texturas, el capitán nos recomendó que detalláramos los árboles del camino.

—No se confundan: lo que verán es una selva, más que un bosque como los europeos. Las selvas son frágiles, a pesar de su apariencia fuerte e indomable. No estoy tan seguro de que los viajeros del futuro hallen estas dos cintas verdes que se desenvuelven a cada lado de la ribera. En Europa, la naturaleza pasa por ciclos. Así, al igual que se renace en la primavera, la sensación de muerte marca el invierno. Aquí la vida parece eterna, quizás por ello siempre se compara con el paraíso, pero es una tonta ilusión. Árbol que se tumba no se vuelve a sembrar. Observen las columnas de humo en el camino. Son los colonos con sus quemas abriéndose paso en busca de tierras para subsistir.

Uno de los camareros lo interrumpió para arreglar la mesa. En el centro colocó una canasta llena de arepas y pan que acompañó con mantequilla.

—Hoy le pedí al cocinero un plato especial, sopita de

coroncoro. Ya me imagino el ruido que harán esta noche los estudiantes.

Al ver que no habían captado la picardía de nuestro anfitrión, les expliqué que dicho pescado se consideraba un afrodisíaco en la región.

—¿Sería posible comer solo frutas? —preguntó Jacob angustiado, al considerar la posibilidad de que el coroncoro no tuviese escamas y fuera impuro de acuerdo con su dieta religiosa.

—No hay problema. Si desean pasar la travesía de manera frugal, pediré que los complazcan.

La respuesta tranquilizó a Jacob. El mesero llegó con una sopera de porcelana con pequeñas flores rosadas en el borde. En su interior flotaban trozos de plátanos verdes; yuca; cebolla; tomate. En un pequeño plato sirvieron arroz blanco y suero de leche.

—Se come mucho plátano —observó Saúl.

—Plátano y maíz —replicó el capitán —siempre he dicho que la espiga del trigo en el trópico se alarga. Donde vean plátano, seguirán viviendas. Sus hojas gigantescas desflecadas anuncian pobladores. Pero, el pan y el vino de estas tierras es el maíz. Los europeos todavía lo creemos comida para cerdos. Prueben este pan de maíz —dijo entregándoles una arepa.

—Algo insípida —respondió Jacob.

—Se acompaña de mantequilla y sal —expliqué—... ¿Qué tal?

—Mejor.

El mesero llegó con una bandeja llena de naranjas; mangos; caimitos; bananos; cañandongas; mamoncillos y guamas. Me llamó la atención el asombro en sus caras ante lo que para nosotros era algo común y cotidiano. Jacob tomó una naranja; con el banano eran las únicas dos frutas que reconoció. En su pueblo a la naranja se le llamaba: "oro para el paladar". La comían solo en épocas de enfermedad o fiestas especiales. Saúl prefirió lo desconocido. Palpó un mango: contempló su figura de riñón; el color tornasolado de su cáscara.

Tomé el cuchillo y le enseñe cómo partirlo en lonjas. Clavó sus incisivos en la aromática pulpa correosa. Las hilachas se quedaron entre sus dientes; pero lo cautivó el dulzor amarillento. Intentó comparar el sabor que experimentaba con alguna fruta conocida:

"...¿Quizás el durazno?... pero esta es más fibrosa..."

Sus puntos de referencia no servían para describir las nuevas sensaciones. Eran mundos y sabores diferentes.

—Es la reina de las frutas tropicales —acotó el capitán.

Los portugueses la trajeron de la India. Se decía que el Buda descansaba bajo la sombra verde y fresca del tronco de este árbol.

Jacob palpó un caimito, por ser redondo como la naranja. Lo sedujeron sus colores lilas y pinceladas verdes. La delgada cáscara se rompió para develar sus secciones que se abrían en forma húmeda. La pulpa violácea derramó su leche. Poco a poco Jacob dejó las brillantes pepas en el plato.

—Dulce y algo pegajosa —anotó.

—¿Y qué opina de la sopita? —me preguntó el capitán.

Tomé una cucharada: el sabor del carbón de palo llenó el alma del cocido. Durante la conversación el capitán indagó por nuestros quehaceres.

—Soy abogado y trabajo en la capital —contesté mientras repartía unas tarjetas.

Saúl sacó la tarjeta de Abraham y manifestó:

—Ahí vamos a trabajar.

—¿Se dedicarán al comercio?

—Por dos años —recalcó Jacob.

—Yo también vine por dos años... Nadie planea quedarse —afirmó el capitán.

Al finalizar la cena, nos convidó a un tabaco.

—Por las noches jugamos en mi cabina —dijo mientras aspiraba y resoplaba para levantar la llama.

Se despidió colocándose su montera blanca.

Anduvimos por cubierta con los ritmos sincopados de un conjunto que interpretaba aires caribeños. Muchos de los estudiantes que viajaban eran maestros en la danza. Parejas en movimientos sincronizados creaban lenguajes de caricias, miradas y vueltas.

> Esta mañana temprano
> cuando bien me fui a bañar
> vi un caimán muy singular
> con cara de ser humano.

Las muchachas abrían sus pasos para girar y regresar a un suave abrazo. Los bailes eran nuevos y los sorprendieron. Se quedaron algunos minutos observándolos.

Entró a la pista un hombre de baja estatura: atezado con piel escamada; sus cejas saltaban sobre los ojos café retinto, que hacían juego con las flores amarillas y rojas de su camisa: era Frijolito.

Secuencia 13

El rechinar de las cigarras atiborró la noche. El suave movimiento del vapor sobre las aguas los arrulló al continuar su rumbo en la madrugada.

Ese día llegaríamos a El Banco. En el horizonte surgieron las torres ocres de la iglesia. Poco a poco nos acercamos a los peldaños que escalaban de las aguas. Del costado de la nave cayó un planchón para que los pasajeros bajaran.

En la plaza central, un enjambre de vendedores ambulantes aguardaba la llegada del Ayacucho. Las casa ribereñas con sus balcones permitían a sus dueños admirar el espectáculo de los viajeros sin necesidad de mezclarse con la muchedumbre. Una sinfonía de voces ofrecían, por un lado: tinajas; materas y ollas. Por otro: tucanes; loros; pericos y canarios enjaulados. Pregoneras cargaban sobre sus cabezas platones. Ofrecían tajadas de piña fresca por solo un centavo.

Saúl admiró el movimiento de la gente que intercambiaba productos, mientras avanzábamos hacia las zonas más residenciales, entre casas de arcos de herradura, capiteles toscanos pintados de blanco y cartelas que sostenían balcones velados. El almagre pálido de las paredes les atribuía una elegancia especial: la mezcla de estilos y la anarquía confeccionaban una arquitectura abigarrada que hablaba de la prosperidad del pueblo.

Vimos al capitán. Nos invitó a que los acompañáramos. Se dirigía a la casa de su amiga en el puerto. A lo largo del camino Jacob mantuvo su ceño fruncido. Cruzamos el parque Colón. Divisamos el teatro recién inaugurado cuya marquesina anunciaba en letras doradas el estreno de la película: "Tarzán, el hombre mono". El capitán señaló:

—Ya la vi. Pertenezco a la cofradía de los que creen que Tarzán es un filósofo desnudo.

Una señora de encajes blancos besó al capitán en la mejilla. La acompañaba una niña de guantes inmaculados. La mirada de su madre se llenó de nostalgia.

—Conservo un té inglés que espero disfruten los señores —dijo al invitarnos.

Jacob observó a la niña que estaba embadurnada de polvos de arroz. La harina buscaba mimetizar su piel morena. A la cuadra y media entramos a su casa. El piso embaldosinado brillaba. Las mecedoras de mimbre, daban una sensación de frescura. Al fondo había un piano con dos candelabros a sus lados. La señora le indicó a la niña que amenizara la reunión. Se sentó sin quitarse los guantes e inició el martilleo de las teclas. Los acordes de un "Para Elisa" recién ensayado se tomaron el salón. El capitán escuchaba a la niña con atención como si estuviese en una sesión solemne. En la conversación la señora intercalaba, siempre que podía, una que otra palabrita en francés. La visita esa tarde se llevó a cabo en español. Saúl y Jacob se vieron marginados. Aprovecharon el momento en que la señora se levantó, para agradecer su gentileza y despedirse. Salí con ellos. El capitán aplaudió con entusiasmo el recital de la niña, como si se tratara de su hija.

Regresamos a la plaza. Allí un hombre con camisa a rayas y cuello ajado nos invitó a tomarnos una fotografía frente a un telón adornado de flores...

—Será un recuerdo del viaje —les dije.

Jacob dudó. Cedió ante la insistencia de Saúl. La foto se revelaría dentro de la caja de madera de la máquina. Un balde de agua descansaba debajo del trípode. Ninguno de los dos pronunció palabra. Posaron como estatuas sin parpadear. El fotógrafo les arregló la espalda una y otra vez hasta que las consideró derechas. Luego les indicó con un gesto que no se habían quitado el sombrero. Jacob no quiso removerlo, pero la insistencia y el ver que Saúl había accedido a la petición del fotógrafo, lo forzó a dejarse la cabeza descubierta. Con un movimiento circular el hombre levantó la tapa de metal que cubría la lente, para colocarla de nuevo en su sitio, después de pocos segundos. Al ver las fotos ya reveladas, Saúl comentó:

—No me imaginé tan feo.

En la plaza una señora subió sus brazos para ofrecerles pécoras y moncholos recién pescados. Las aguas del Magdalena se movían en dirección contraria a sus destinos.

Secuencia 14

Frijolito vestía la camisa de siempre. Todos sabían que el azar era su oficio. Abordaba en Calamar. Dejaba el vapor en Puerto Wilches.

—Quiero presentarles a mis invitados —dijo el capitán.

Saúl tomó asiento en la mesa de juego, al lado de un hombre con sombrero panameño y un Lucky Strike entre los labios.

—¿Vas a apostar? —preguntó sorprendido Jacob.

—Solo unos centavos, no te preocupes.

—¿Es que no hablan cristiano? —indagó uno de los jugadores al oírlos conversar entre sí.

—Ni jota —respondió el capitán.

—Eso no importa —replicó Frijolito—. En el poker hablan los ases.

A Frijolito le correspondía partir el naipe. Calculó la mitad de la baraja con su carnosa uña destornillador. La enterró. Con la ayuda de su dedo meñique, alternó las partes. El capitán fijó el case esa noche a centavo. Poco a poco subían los curiosos al tercer piso, para observar el juego por las ventanas talladas de la cabina.

Coloqué unos pesos sobre la mesa. Confié que me durarían toda la noche. El jugador más cauteloso era Frijolito. El hombre del sombrero panameño que estaba a mi lado, entró en calor con una racha de suerte y pidió un ron. Ordené una cerveza.

Recuerdo que el primer naipe que recibió Saúl en esa mano fue un nueve, que alcancé a ver por el rabillo del ojo. Todos entraron al juego. Frijolito cambió una carta; Saúl dos; el capitán y yo, tres. El hombre del sombrero panameño se consideró bien servido. Cuando recibí las cartas, supe que no era mi noche. Al subir la apuesta a veinte centavos, me retiré. Saúl colocó el dinero. Después de tomar un sorbo de ron, el hombre del Lucky Strike, subió la apuesta cincuenta centavos; el capitán bajó sus naipes, Saúl entró. Frijolito, apostó un peso adicional. Jacob miró a Saúl quien dejó los naipes sobre la mesa. Le pidió que le mostrara su mano, pero este se negó. Entregó el peso y otro más. El hombre del sombrero panameño intentó definir de una vez por todas la situación y dijo en forma sorpresiva:

—Cinco pesos.

Frijolito observaba con recelo. Saúl buscó su billetera. Sacó todo lo que había en ella. Puso los cinco y dijo:

—Cinco más —que traduje admirado.

El hombre a mi lado dudó; detalló a Frijolito y a Saúl.

Molesto tiró sus naipes para retirarse. Un silencio elocuente rasgó el humo del salón. El capitán miró a los participantes. Jacob se notaba nervioso. La uña carnosa de Frijolito acariciaba sus naipes que descansaban sobre la mesa y dibujaban un abanico.

—Vamos a ver si es tan fino. Sus cinco y veinte más.

Saúl le demandó a Jacob que le entregara los veinte pesos que sabía escondía en el camarote.

—¿Seguro que conoces este juego? —preguntó Jacob.

—Dame todo lo que tengas.

Los dos hombres se miraron. A la distancia se escuchaban los bongos, las trompetas y las maracas.

Cuando regresó a la cabina, el sudor de las manos de Jacob alcanzó a humedecer los billetes. Saúl pagó. Frijolito sin titubear enseño tres reyes y un par de damas.

—Solo tengo dos pares —traduje.

Frijolito extendió sus brazos para adueñarse del monto como ganador.

—Pero de nueves —complementó Saúl, para dejar los cuatro naipes iguales sobre la mesa.

Frijolito no acababa de comprender lo que sucedía. El capitán levantó su vaso. Brindó por sus invitados.

—¡Nuestra primera ganancia en América! —exclamó Jacob.

Secuencia 15

En Bogotá una neblina se desenvolvía por las calles. El tren arribó a la estación central. Al bajarnos escuchamos las primeras gotas de agua que retumbaron contra los techos de zinc de las bodegas. Nos dirigimos al salón central cubierto por una marquesina de vidrio. El torreón de piedra y ladrillo con ventanas de arco y flores labradas, le confería un aire vienés al terminal.

—Ya verás la fortuna que haremos —dijo Saúl.

Era domingo. Abraham solo les dio una tarjeta con la dirección del almacén. Para localizarlo debían esperar hasta el día siguiente. Les recomendé la pensión de una antigua cantante de ópera, que hablaba alemán.

Tomamos las maletas para ir a la pensión. Confiaba llegar a casa temprano, pero consideré inhumano dejarlos a la deriva. Propuse que nos refugiáramos en un café, a escampar por un instante de las inclemencias del tiempo. Los vahos de la greca copulaban con el olor a cerveza para fecundar el ambiente y lograr que el ritmo del golpe de las carambolas fuera natural. El paño de las mesas de billar vivía rasgado. Las puntillas que sobresalían de los asientos vaticinaban igual suerte a los trajes de la clientela.

Nos sentamos en la pequeña mesa; dejamos las valijas en el piso. Mientras intentaba llamar la atención de la copera, alcancé a divisar a dos muchachos que se cruzaban en forma de cizalla. Uno empujó a Jacob para distraerlo; el otro aprovechó el descuido: recogió la maleta y salió en dirección contraria.

—¡Cójanlo! ¡Deténgalo! —grité.

Cuando intentamos perseguirlos, todo el café se transformó en cómplice cruzándose en nuestro camino para obstruir cualquier posibilidad de atraparlos. Perplejos no supimos cómo actuar. No podíamos dejar las otras maletas en el piso. El callejón entre las mesas fue cada vez más denso.

—¡Ladrones! ¡Agárrenlos!

No había policía. La bruma abrigó a los raponeros. A los pocos segundos no había nada que atajar. Sugerí que de inmediato fuéramos a la estación de la policía a poner la denuncia, Jacob y Saúl se miraron para contestar:

—No era más que ropa vieja.

Intenté convencerlos de la importancia de la denuncia, para acercar la posibilidad de recuperar lo perdido.

—No más policías —respondió Jacob— dejemos así... ¿Cómo pasó?... Todo fue tan rápido...

Nos quedamos sin palabras. Jacob no logró terminar el café que acababan de servirle.

El frío calaba los huesos. Al salir del lugar el viento nos obligó a asegurar el botón de la cinta de los sombreros en el ojal de nuestros sacos.

—Vamos a trabajar y a ganar —afirmó Saúl con una palmadita en el hombro de Jacob—. En pocas semanas te veré estrenando. Espera que descubran lo que robaron. Te van a buscar por toda la ciudad para devolverte a maleta.

—No me parece cómico —dijo Jacob.

Detuvimos un tranvía. En la noche, las chispas que saltaban de los rieles pregonaban su llegada más que el estridente ruido. Un gigantesco letrero anunciaba un analgésico: "Cafiaspirina o nada".

Secuencia 16

Una placa de madera distinguía la casa de doña Gertrudis que en letras talladas anunciaban: Pensión Santa Inés.

Doña Gertrudis me reconoció. Saludó con un abrazo. El ajetreo de la comida la obligó a regresar a sus deberes de anfitriona. Viajaba en forma incesante entre la cocina y el comedor, mientras regañaba a una joven descalza que apenas rompía la pubertad, cuyos pequeños senos afloraban de su raída blusa. Los más hambrientos devoraban los platos de pie. Las voces simultáneas del recinto hicieron vibrar los cristales que cubrían el patio adecuado como salón comunal. Un olor a humo recorría las mesas. Las paredes de la pensión se adornaban con recuadros de yeso de cuyas puntas surgían cuernos de la abundancia con flores. Un espejo enmarcado en madera y nácar hablaba de tiempos mejores. No obstante, la casa era chata.

Doña Gertrudis les enseñó unos cuartos cuya distribución consideraron extraña. Al fondo, en el patio embaldosinado rodeado por pasillos, se abrían seis habitaciones. En las esquinas descansaba un tubo de latón que armaba una canal para llevar las aguas lluvias a un sifón protegido por ladrillos. El vidrio roto de un cuarto se cubrió con papel periódico, para evitar que los curiosos espiaran su interior. Jacob y Saúl compartirían una pieza con dos camas y un asiento.

Doña Gertrudis les cobró diez pesos de mensualidad. Exigió un peso, como depósito. Les advirtió: que el agua caliente se agotaba temprano en las mañanas, y que era mejor madrugar. Por tradición Jacob se bañaba de cuerpo entero los viernes en la tarde, para conmemorar el sábado. La noticia del agua no se sumó a sus preocupaciones. Doña Gertrudis les explicó las costumbres de la casa el horario de las comidas. Revisaron los baños al final del pasillo.

—Lamento mucho lo de la maleta —le dije a Jacob al despedirme—. Si cambia de opinión y decide colocar la denuncia, estoy a sus órdenes.

La altura los afectó agitando su respiración. El aire fino los apabulló dejándoles un leve dolor de cabeza. Levaron sus caras en el aguamanil del cuarto, antes de acostarse. Saúl le prestó a Jacob una camiseta para dormir. Se cobijaron con mantas de lana que a pesar de su peso no lograba protegerlos del frío húmedo que los obligó a encoger el cuerpo. Era tal el cansancio que espantaba el sueño. Dieron vueltas toda la noche en la cama. La lluvia, el zangoloteo de las tablas, y los recuerdos del día armaron una extraña sinfonía.

Los despertó la algarabía en los corredores más que los primeros rayos de luz. Jacob al abrir la puerta se topó con una larga fila frente al baño. En los rostros todavía deambulaba el sueño; los misterios de la noche. En camiseta, con jabonera y toalla en mano esperaban pacientes. Y las pocas inquilinas de la pensión con sus levantadoras, aguardaban en vano a que la caballerosidad de los inquilinos les cediera el turno.

Amanecieron picados por pulgas en sus muslos y brazos. Después de rascarse, Jacob se quejó de nuevo del robo de la maleta. Volvió a insistir en la posibilidad del retorno. Saúl no le prestó mayor atención: optó por entregarle sus filacterias para que iniciara las oraciones matutinas.

—Deja que empecemos a trabajar, todo cambiará.

Las filacterias se guardaban en una bolsa de terciopelo azul. Sacó primero: la del lado izquierdo; luego: la derecha. Unas largas tiras de cuero de carnero envolvieron su brazo izquierdo. Acomodó la pequeña caja de cuero sobre su frente; se rodeó con su taled y rezó: "Bendito seas, tú, Señor rey del universo..."

Al concluir se las entregó a Saúl, quien también rezó esa mañana más en gesto de solidaridad que de convicción.

En el comedor encontraron mesa sin problema. La joven muchacha de piel canela les sirvió un tazón de aguapanela, queso y arepa. Era la primera vez que veían la bebida; Jacob se cercioró que se ajustara a su dieta religiosa. Le preguntó a doña Gertrudis por los ingredientes. Ella le explicó que era agua y azúcar negra. No comieron la arepa.

Antes de salir, le enseñaron a doña Gertrudis la tarjeta de Abraham: Almacén Atlas en la primera Calle Real.

— No está lejos. Queda sobre la séptima entre las calles once y doce. Suban por la esquina, frente a la iglesia de Santa Clara, encuentran el Café La Pola; voltean a la izquierda y siguen por la Calle Florián hasta la doce. Vuelven a tomar la calle de la derecha. En la esquina de la doce verán el salón de peluquería de Víctor Huard. Es en esa cuadra —explicó mientras sacaba de uno de sus bolsillos un pedazo de lápiz para dibujar un pequeño mapa en el respaldar de la tarjeta—. El comercio abre a las ocho y media. Les queda tiempo para llegar.

Secuencia 17

Ansiosos, decidieron partir. Caminaron acompañados por el sonido de cortinas de hierro que crujían al levantarse y voceadores de periódicos que anunciaban las noticias matutinas. Avanzaron entre paredes blancas que servían de telón a los oscuros trajes de los transeúntes. Un tañido bronco y gritón invitaba a misa.

Saúl y Jacob detallaron los letreros en busca de los puntos de referencia que les habían señalado. Advirtieron que sus caras de extranjeros despertaban curiosidad, pero también una que otra sonrisa amable. Se detuvieron en la esquina de la calle doce frente a un almacén de telas y alfombras. Se despistaron: necesitaban una nueva señal que los orientara. Al verlos perplejos un transeúnte levantó su sombrero de nutria y cinta de falla, para saludarlos. Jacob receló de sus intenciones. Saúl le entregó la tarjeta. Leyó la dirección. Ni él hablaba alemán o yiddish, ni ellos español. Sin embargo, la amabilidad abrió el camino.

—Están cerca —comentó indicándoles que siguieran una cuadra después de girar a la izquierda.

En la esquina divisaron unas letras amarillas que decían: "Atlas". A la distancia reconocieron a Abraham. Lo acompañaban dos muchachas envueltas en pañolones negros que recibían unos candados. Su sombrero y corbatín eran más simples que los que lució en Szczuczyn. Ya no cargaba un bastón sino un simple paraguas; mantenía entre sus dedos un tabaco.

Al verlos los abrazó e invitó a seguir. Avanzaron por un corredor atiborrado con telas.

—Esta es la mina de plata —dijo mientras sacaba de los estantes un rollo de popelina—. Con esto comencé; de aquí para allá, todo es ganancia.

Abraham llamó a las jóvenes y las presentó:

—Estos son unos paisanos que trabajarán con nosotros. Hicieron una apuesta que van a perder —explicó mientras soltaba una carcajada— Maruja, sírvenos tres tinticos…

Jacob relató el incidente de la maleta.

—¿No les advertí a que se cuidaran? Esto es un nido de ratas. ¿no les conté en Szczuczyn? No se puede confiar en nadie. ¡Todos son ladrones! Si me descuido aquí mismo me quitan todo.

Maruja los interrumpió con los cafés.

—Este es el mejor café del mundo —dijo Abraham, para recalcar su conocimiento del país y de su economía.

Saúl detalló el almacén mientras sorbía la bebida. Era más pequeño que lo descrito por Abraham en su fiesta.

—Maruja, consígales unas maletas a estos dos para que salgan a vender fiado. ¡Eso sí, se las descuenta de la primera plata que recojan!

Abraham recorrió los estantes, como quien dicta una cátedra.

—El paño de medio luto se mueve bastante… Esta lanilla le encanta a las señoras…

Saúl y Jacob escribían lo explicado en un papel con caracteres hebraicos. Apuntaron fonéticamente los nombres de los paños. Luego Abraham los condujo a su escritorio al fondo del almacén para confiarles el proceso de venta.

—Si esta tela aquí en el almacén vale tres pesos, a plazos la vendemos en diez. Se cobra veinte centavos cada semana. Al año terminan de pagar. Con seguridad les pedirán otro corte. Les van a pedir rebaja. Contesten que pierden plata, que no es un negocio, pero que como lo quieren hacer cliente, por eso lo dejan en nueve pesos. Siempre caen.

Abraham abrió una gaveta. Extrajo unas tarjetas alargadas en cartulina y dos cauchos. Les señaló que sobre la parte superior se colocaba el nombre del cliente y la dirección. Con una regla de madera elaboró tres columnas. En la primera escribió: debe; en la segunda: haber; en la del extremo derecho: saldo.

En las tarjetas se mezclaban letras hebraicas y latinas para combinar frases en clave que facilitarían la ventas.

—Aquí apuntan el pie que dan como primer pago; en esta columna, las cuotas. Yo cierro todos los días a las ocho y media de la noche. Espero que esta maleta no se la dejen robar —recalcó.

Secuencia 18

Una chimenea distinguía al Windsor de los demás cafés. Después de seleccionar los cortes, Abraham los invitó al lugar.

—No me demoro —dijo como advertencia, antes de partir.

En el Windsor recorrió las mesas con sus ojos para descubrir algún conocido. Al fondo halló a don Marcos. Poco a poco se llenó al lugar, para albergar en sus paredes las discusiones y horas muertas del trabajo. La voz de los loteros en rítmicos pero estridentes voceos ofrecían premios mayores de dos mil pesos, por solo cincuenta centavos. Se acercaron a la mesa donde estaba Marcos Zlote con otros dos paisanos. Los nuevos en la ciudad aparecían con sus maletas llenas de mercancías que ofrecían en los barrios marginales. El color de los ojos y el cabello los delataba como extranjeros.

—¿Nú, cómo están las ventas? —preguntó don Marcos en yiddish como saludo.

—Flojo —contestó Abraham y presentó a sus amigos—: unos verdes.

Se acercó una muchacha que respondía al golpe de los nudillos sobre la mesa.

—Tintos y un paquete de Pierrot.

Saúl y Jacob nunca habían tomado café como en esa mañana. El estómago comenzó a bailarles, mientras mezclaban el robusto tabaco y los pequeños sorbos del oscuro y aromático líquido.

—Bueno, ¿ya les enseñaste las palabras claves? —preguntó don Marcos.

—¿Qué palabras? —indagó Saúl.

—Compran mercancías... ¿Ya saben los números?

—No —dijo Jacob.

—Es lo más importante. Vender no es difícil. Se ofrece la mercancía y siempre aparece un cliente —explicó don Marcos—. Para vender es más importante saber escuchar que saber hablar. El problema está en los cobros; siempre hay excusas. No se dejen engañar. Quieren conmoverlo a uno con que el niño está enfermo, que al esposo lo echaron del trabajo. Todos son trucos para no pagar y alargar los plazos. Uno debe ir implacable al cobrar.

Secuencia 19

En el almacén Abraham llamó a una de las jóvenes. Dispuso que repasara con ellos los números de uno a diez. Luego aprenderían las decenas:... treinta; cuarenta; cincuenta; sesenta...

Todo sonaba igual. Era una sola corriente continua. No sabían en dónde nacía una palabra y en dónde moría la otra. ¿Compran mercancía? La frase que les enseñó don Marcos la hilaban en sus gargantas una y otra vez. Las palabras eran madejas sin color: trajes prestados que los llevaban a tartamudear.

Gra-gracias.

Era una palabra mágica que se ajustaba casi a cualquier situación. Un comodín en una nueva baraja de palabras que buscaban dominar en segundos. Les serviría tanto de saludo como de fórmula para despedirse. Gracias, y una sonrisa marcaban el comienzo y final del teatro de sus ventas.

Secuencia 20

Ese mismo día salieron a recorrer las calles con pesadas maletas. Sobre sus hombros acomodaron mantas y cortes de paño. Avanzaban encorvados mientras repetían palabras aprendidas, que no lograban atrapar las realidades que interpretaban: tres era diez y diez, tres. Era como si las palabras y sus sentidos no se entreveraran, se diluyeran en rumores y sin razones. Se tornaron en prisioneros de redes sonoras: tres; diez; gracias; ¿compran mercancías?

Una jauría de perros los recibió con sus ladridos en las lomas de la ciudad. No les prestaron atención a pesar de sus amenazas. Optaron por repartirse las aceras. En las calles fangosas, filas de niños de piel curtida trepaban las cuestas con pesadas latas llenas de agua. Esquivaban con agilidad los charcos, diseñados por las lluvias. El olor a basura descompuesta, al lado de la quebrada que bajaba, los obligaba a respirar por la boca. Divisaron algunas mujeres que lavaban ropa. Saúl se acercó a ellas. Explayó las telas sobre su maleta. Lo rodearon poco a poco.

Jacob le ofreció sus mercaderías a una señora que cargaba un niño envuelto en el pañalón. Su rancho se mantenía a medio acabar con ventanas sin vidrios y piso de cemento desgastado. No lo invitó a seguir. La mujer tomó el paño que le ofrecía; lo palpó sin decir nada.

—¿Qué más trae?

Jacob adivinó lo que le preguntaba por el gesto. Sacó una manta, una sobrecama y un corte de paño que dobló en forma diagonal como una pañoleta para exhibirla sobre las demás. La señora se dobló y rebuscó entre los géneros.

—Enséñeme ese paño café —dijo mientras los señalaba con su dedo índice.

Jacob no alcanzó a comprender cuál deseaba. Lo guio otro gesto. Acarició con su pulgar el paño para demostrar que era grueso, fuerte, de buena calidad. Ella lo cataba con malicia, como quien se pregunta:

"...¿Dónde estará el tumbe?..."

Se acercó un niño que lloraba. Su madre lo recibió con un grito:

—¡Este muérgano, qué hacía en la calle!, ¿no lo tenía yo haciendo oficio?

Antes de entrar lo reprimió con una palmada. La señora palpó de nuevo el corte. Otro niño se acercó con el dedo en la boca para agarrarse de sus faldas.

—¿Qué hace usted por aquí? Éntrese, éntrese.

Sin embargo, el niño permaneció impávido. Detalló con sospecha a Jacob de la cabeza a los pies. Él en cambio, le respondió con una sonrisa y dijo:

—Gra-gracias.

El niño no contestó. Le jaló la falda a la mamá y sin sacarse del todo el dedo de la boca preguntó:

—¿Y para quién es el paño de doctor?

La pregunta no halló respuesta. La señora le daba vueltas revisándolo por el derecho y revés. Jacob pensó acercarle otra tela, pero cuando se dobló cayó en cuenta que la señora examinaba con atención el corte. Prefirió no distraerla. La espera volvió los segundos eternos. No sabía cómo acabarla de convencer, como lo hacía con sus clientes en la librería en Szczuczyn.

"...¿Cómo se dirá que es de buena calidad?..."

Gracias no servía; sin embargo optó por repetir la palabra. La señora reparó extrañada: continuó en su revisión con mayor detenimiento.

Otro niño semidesnudo, se acercó a la maleta y con sus manos sucias intentó jugar con los paños. Jacob buscó retirarlo con una mirada adusta. Fracasó. El niño hurgaba y apretaba las telas. Su madre lo retiró con un jalón de brazo. Jacob intentó señalarle a la señora que nada había sucedido que no debía preocupase. Pero fue el primero en alegrarse al ver al niño salir.

—¿En cuánto me deja este corte?

—Diez.

—No míster, está muy caro. A la vecina, otro míster, le vendió más barato. También se lo dio fiado. Le cobra veinte centavos semanales. Así, que a mí no me va a engañar.

El regateo se efectuó con las manos, que remplazaron las palabras. Jacob descansó cuando la señora le entregó unas monedas para pisar el negocio. Tomó una de las tarjetas. La llenó de caracteres hebraicos.

—¿Y para qué escribe todas esas cucarachas? —preguntó la señora.

Divisaba la casa llena de niños mientras apuntaba los datos. Alcanzó a preguntarse de dónde sacarían los veinte centavos semanales. Prefirió no pensar en ello. Era su primera venta en América y lo que contaba.

Recorrieron el barrio casa por casa, hasta que cayó la noche. Los pies se les hincharon. Solo confiaron que doña Gertrudis les prestara un platón para remojarlo con agua caliente y sal.

Secuencia 21

Los domingos eran días de cobro. Salían en busca de los trabajadores, que después de sus agobiadoras jornadas semanales, en talleres y fábricas aún inventaban tiempo y fuerzas para dedicar medio día a la construcción de la iglesia del barrio. El recorrido se hacía en medio de explosiones: voladores que se elevaban hacia el cielo para celebrar con sus detonaciones alguna fiesta patronal o mechas que reventaban al caer los tejos lanzados por sus jugadores.

Aprendieron con rapidez algunos parajes que servían de puntos de referencia. Apuntaban en sus tarjetas indicaciones como: dos cuadras a la derecha del chorro de Quevedo; media cuadra del puente de latas; a la derecha del chorro de las botellas.

Los ranchos a medio acabar los confundían: parecían todos iguales. Por ello en las tarjetas especificaban el color en que estaba pintada la casa, con el número del portón. En más de una ocasión descubrieron que al pintar su dueño las paredes de otro color no lograban hallarla de nuevo. Pero a pesar de las dificultades y pretextos triunfaba el tesón.

Aprovechaban la salida de misa para toparse con algunas clientes huidizas. Las múltiples esperas en la puerta de la iglesia, observando a las mujeres arrodilladas con devoción y camándula en la mano, llevaron a Saúl a pensar en cómo matar dos pájaros de un tiro. Durante varios domingos maduró la idea. Y aparecieron en su maleta: láminas de la Virgen; santos; cruces y estampas del Purgatorio. Jacob al verlo quedó atónico.

—¡Te has vuelto loco!

—Es la solución. En adelante cobraremos sin problema. Te aseguro que después de vender un corte y una Virgen todo será más fácil. Cuando las señoras se demoren en cancelarme la cuota, les digo que la Virgen puede dejar de hacerle favores. Ahora soy yo quien invento los cuentos. Les digo que en mi pueblo se acabaron los milagros por tantas mentiras que decían frente a la Virgen.

Jacob no acababa de creer lo que escuchaba.

—¿Quieres que te dé algunos?

—No —contestó.

—No seas tonto, vamos a lograr el milagrito de los cobros.

Jacob no se imaginaba con santos; vírgenes y cristos en su maleta. La idea le sonaba pecaminosa.

Secuencia 22

Perdieron la apuesta. Le pagaron a Abraham el dinero de los pasajes. Poco a poco Jacob empezó a guardar los centavos de sus ventas en una libreta roja de consignaciones de la Caja de Ahorros. Todas las noches en la pieza, al terminar labores, contemplaba su libreta y las cifras, viendo como los centavos se volvían pesos y los pesos, cientos. Los rubros eran ahora seres vivos; próximos a él: marcaban la esperanza del retorno y el éxito.

No le iba mal. A pesar de ello, no sentía qué hacía en América. Vendía menos que Saúl, quien con las láminas de santos, vírgenes y cruces, expandía sus operaciones y cobros en forma sobrenatural. Los bancos eran testigos de sus progresos. Una noche mientras Jacob se quejaba de la situación, Saúl le dijo:

—¿Sabes qué te hace falta? Una mujer. Si te casas estoy seguro de que vivirás tranquilo. Aumentarán tus ventas.

Por fin una idea de Saúl no le sonó descabellada. A pesar de ello replicó:

—En esta ciudad no hay mujeres. ¿No esperarás que me case con una gentil?

—No pensaba en eso. En Zelochow, tengo un tío religioso. También es pobre, que para este caso es una suerte. Si le escribo, estoy seguro que aceptaría un arreglo matrimonial con una de sus hijas. No vas a pedir dote, que ya es una ganancia. Seis hijas representan seis dotes. Va a estar feliz, si sabe que envías por ella y además le mandas dinero. Con la situación en Europa una boca menos que alimentar, es un alivio. Así traes a una de mis primas a América, haces una buena labor y cambia tu suerte. Negocio perfecto.

Jacob pensó en el Talmud. Recomendaba que todo varón, que a los dieciocho años debería casarse.

"...Hace rato supero esa edad... Casarme con la hija de un hombre religioso me garantiza de acuerdo con la ley una casa con dieta religiosa... El Talmud dice que con el matrimonio los pecados disminuyen... Dios desde el cielo hace los arreglos en la tierra... Si Saúl me hace ahora esta oferta, quizás está escrito que seamos familia... Los arreglos matrimoniales son sagrados. Aquel que los lleva acabo perpetúa la existencia del pueblo de Israel...".

—¿Cuándo vas a escribir? —preguntó Jacob.

Secuencia 23

Todos quedaron perplejos al ver el remite de la carta: Bogotá–Colombia. Venía dirigida a Reb Zalman Leib. Debieron esperar a que el papá regresara de la sinagoga.

—¿Por qué demorará tanto? —reclamó Sheindele.

La expectativa fue tal, que Red Zalman Leib se vio forzado a leer la carta en vos alta:

Bogotá. 15 Tamuz 5.694
Mi querido, culto y devoto tío Zalman Leib:
En primero lugar les deseo a usted, a la tía Scheindele, a las primas, que gocen de paz y buena salud. Quiera Dios que siempre podamos darnos las mejores noticias. Amén.
Confió que mi padre, su hermano Zelig Cusiel, le habrá contando que estoy en Sud América. Trabajo y gracias a Dios gano el sustento. Hace un par de semanas envié a casa un dinero para aliviar la situación. Me preguntará, ¿cómo fue a parar mi sobrino a esas tierras?
Paso enseguida a contarle. Abraham Silver de Szczuczyn, hizo una fortuna. Nos invitó a Jacob Cohen y a mí, a que lo acompañáramos y también probáramos suerte.
En Bogotá, la ciudad en que vivimos, y aun cuando no nos pensamos quedar, tenemos una pequeña colectividad. Cuidamos las fiestas de guarda. Llevamos una vida judía. Y el deseo de mantener nuestras tradiciones, me llevan a hablarle sobre mi amigo Jacob, a quien le gustaría casarse. Como aquí no hay mujeres judías solteras, le conté sobre mis primas.
Pensé, seis dotes no son una carga fácil de llevar y Jacob no pide nada. Más aún, está dispuesto a enviar los tiquetes y un dinero extra para casarse con una de las primas. Es un hombre religioso. Por cierto un tío suyo es matarife en la corte del rabino Satmer, lo que es ya un abolengo.
Por todo ello, pensé en un arreglo matrimonial y escribo colocándome en el noble papel de casamentero. Bueno, se me acaba el espacio. Termino aquí esta carta en espera de una pronta respuesta. Saludos muy cordiales a la tía y a las primas. Que Dios les dé larga vida, hasta los ciento veinte años, al igual que nuestro maestro Moisés

Tu sobrino,

Saúl

P.D. Envío una foto que nos tomamos aquí en El Banco con mi amigo Jacob.

La madre abrazó a Ruth y dijo:

—¡Hija, te vas a casar con un hombre en América!

El padre detalló la foto para responder:

—No se casará con ese hombre.

Ninguno comprendió la actitud de Zalman Leib quien se paró a lavarse las manos. La mamá perpleja le entregó la toalla y replicó:

—¡Zalman te has vuelto loco!

Ruth tomó la foto. No distinguió cuál de los dos era su primo; intuyó que debía ser el que estaba sentado a la derecha. Examinó a Jacob: su cara alargada resaltaba sus orejas. No era atractivo; pero tampoco le disgustó su apariencia.

—Ruth se casará con Leiser Hersh: un hombre decente. La semana pasada hablamos de ello y acepté firmar el compromiso.

Ruth, hija ¿vez que tu papá de todas formas te ha conseguido un novio?

—Mamá, Leiser Hersh es viudo con tres hijos. ¡Uno de ellos tiene mi edad!

—Es un buen hombre ¡Basta de discusiones! ¿Desde cuándo opinan las hijas sobre el matrimonio? ¿Algo tan importante como un marido y te crees con derecho de escogerlo? He decidido que sea Leiser Hersh. ¡No quiero oír más al respecto!

Ruth pensó en su hermana Masha, casada con un hombre mucho mayor que ella. Por tradición, el padre escogía sus yernos; pero esperaba que su caso fuera diferente: soñaba con un gran amor.

"...¿Leiser Hersh?..."

Sheindele colocó un plato de sopa frente a su marido y preguntó:

—Zalman, ¿no será mejor partido el hombre que propone tu sobrino en la carta?

—¡He dicho que no! Todo es un engaño. Ese hijo de mi hermano Zelig no merece llamarse sobrino mío. ¡No quiero volver a oír su nombre en esta casa!

—¿Cómo?

Lo que oyes. Dice en la carta que es religioso. ¡Mira esa foto! ¡No tiene barba. Anda con la cabeza destapada como un gentil! ¡En América se acaban las tradiciones! ¡A mí no me engañan! En la sinagoga escuché cuentos de Sud América. Escriben cartas con la historia que quieren casarse, que no necesitan dote, quién sabe qué más. ¿Y cómo termina todo? Las hijas de hombres decentes acaban de prostitutas en Buenos Aires.

—¿Prostitutas?

—¡No quiero hablar más! He dicho que Ruth se casará con Leiser Hersh, que vende buen pescado. Comprometí mi palabra. Habrá boda en la primavera.

—Pero, papá...

—¡Shaa! —grito Zalman Leib con una palmada en la mesa.

Secuencia 24

Ruth corrió a la casa de su hermana Masha. La encontró agachada, mientras cambiaba unos tendidos de cama. Su vientre indicaba que el tercer bebé llegaría a finales del invierno. Ruth la ayudó con el oficio. Sin mirarla preguntó:

—¿Eres feliz?

Masha se sentó en el borde de la cama; después de sobarse la espalda respondió:

—Un día mamá me envió por una libra de azúcar a la tienda de Menajem, al otro extremo del pueblo.

—¿Por qué no voy como siempre a la tienda de Eli? —pregunté.

—"No preguntes tanto —me dijo— una buena hija judía no hace tantas preguntas".

—¿Bueno, qué piensas?

No sabía a qué se refería.

—"Del hombre que te atendió, tonta" —insistió mamá.

—Nada —contesté—. ¿Por qué?

Respondió que papá lo había escogido como novio, que yo era una mujer afortunada. En adelante, la familia no iba a padecer hambres.

—¡Es tuerto!

Mamá no le prestó atención a mis palabras. Enumeró todos los productos que comerían gracias al arreglo matrimonial. Esa semana llegó Alter Yoshua el casamentero, se encerró con papá. Discutieron tres días el contrato. Alcancé a oírlos gritar que yo era muy joven, una flacuchenta y no sería una buena ama de casa para Menajem Manger, un hombre tan importante. Alter Yoshua insistía que no era justo entregar tanto por nada. Papá no ofrecía dote, cualquier cosa que sacara, ya era una ganancia. Al día siguiente me llamó y dijo: "Te casarás antes de la Pascua. Menajem Manger es dueño de una tienda y eso vale mucho. Un hombre con negocio propio equivale a diez empleados".

¿Soy feliz? Cuando papá me dio la noticia lloré. Luego me dije, si nunca había escogido ni un par de zapatos, ni los vestidos que usaba, ¿por qué habría de escoger marido? Tengo una familia, pan sobre la mesa ¿Qué más debo esperar?...

Secuencia 25

Ruth entró al baño. Sobre la pared había un pequeño espejo. Le hubiese gustado ser más hermosa. Al quitarse la hebilla su cabellera ondulada, se soltó como cascada de miel. Se contempló desanimada: un objeto al vaivén del destino. Sus ojos azules, enrojecidos se transformaron en abismales. Si bien, no se notaba fea, tampoco acababa de satisfacerla su propia apariencia.

"...Qué importa cómo te veas... Para casarte con Leiser Hersh y sus manos con olor a pescado, da igual..."

Recordó las lágrimas de Masha. El viento tibio de la primavera era controlado por la tradición. Se desnudó para contemplar su cuerpo, como si nunca lo hubiese visto antes. Era como una estatua fabricada de pasta, de aquellas que se exhiben en las vitrinas.

"...¿Y si no te casas?..."

Recogió un poco de agua entre sus manos para llevarla a su cara; el líquido copió las miradas inciertas del espejo. Era una réplica misteriosa, que no estaba dispuesta a aceptar.

"...¿Qué pasa si te vas?..."

Sintió la mano imponente de su padre acariciándola. Abrió sus labios algo secos, para observar sus dientes parejos. Estaban limpios, pero los percibió rosados y opacos.

"...¿A qué más puede aspirar la hija de un hombre devoto?..." ¿Qué va hacer de ti?..."

Advirtió las paredes de madera ásperas, que la aprisionaba. Necesitaba salir. Fijó su vista en un punto.

"...¿Te vas?... ¡Vete!..."

Los sonidos del encierro abrieron el lado oculto del deseo. La asustó reconocer la tibieza de su cuerpo. Bajó la vista hacia sus piernas desnudas. Llevó las manos sobre sus pechos.

"...¿Jacob?..."

Le gustó que no tuviese barba. Quería ser como una niña, pero los pezones erectos, el vientre a punto de llenarse la traicionaban.

"...¿Te quedarás aquí para siempre?..."

Sintió el frío de los inviernos de luna con los animales durmiendo en casa, para que su calor protegiera a la familia.

"...¿Qué negocio hiciste, papá?...".

El pescado formaría partes de las cenas que se preparaban para el sábado. Sus piernas temblaban. Era capaz de rendirse a las instigaciones del lujo y el placer.

"...¿América?... ¿Buenos Aires?...?

Recordó los ojos húmedos de su hermana.

"...¿Y si te casas con Leiser Hersh?..."

Sus sueños se ahogaban entre platos e hijos ajenos.

"...¿Cuál es la diferencia?... ¿No son los deberes conyugales los mismos con uno que con otro?..."

La asqueaba pensar en acostarse con Leiser Hersh.
"...¿Y si huyes?..."
Era como una muñeca que jalaban de diferentes lados. Miró de nuevo sus dientes. Quería tener a Masha a su lado, para que la consolara y comprendiera.
"...Eres tan fea y débil..."
Sus cabellos brillaban como rayos de oro. El reflejo del espejo se concentraba en una imagen única. No volvería a ver a su familia. Era un viaje sin retorno.

Secuencia 26

Sheindale halló a Ruth sentada pegándole unos botones a una blusa de verano. Comprendió que no habría fuerza humana que la detuviese.

—Tu padre dio su palabra, que es sagrada. Si haces tu voluntad se declarara en luto; rasgará sus vestiduras y estará en el piso durante siete días. Me prohibirá pronunciar tu nombre.

—Mamá, solo hay una alternativa. Que papá viva su luto siete días o que yo permanezca en vela por los hijos de otro, muerta en vida. Es mi única oportunidad. No soy capaz de casarme con Leiser Hersh; quiero algo diferente. No importa...

—Ruth...

—Mamá no lo hagas más difícil.

Secuencia 27

Saúl recibió una carta de Ruth. Le contaba que estaba dispuesta a aceptar el arreglo matrimonial y venir a América.

—Salía de los juzgados cuando me encontré con Jacob. Me buscaba para que le ayudara con los trámites de inmigración: deseaba traer a su novia en forma legal. Acepté.

Supuse que no encontraría mayores dificultades.

—No sabía que tuviera novia, lo felicito.

—Es familiar de Saúl —contestó.

—¿Cuánto me costará?

—No se preocupe, tranquilo. Después arreglamos. Jacob, ¿ustedes con qué visa entraron al país?

Sacó su billetera, la cédula de extranjería. Me la enseñó y aseguró:

—Es legal. Me la dieron en Barranquilla.

La observé un segundo y contesté:

—Es correcto, pero, ¿con qué visa entraron?

Jacob insistió que la cédula de extranjería era legal.

—Comprendo —dije—; creo que no me hago entender. ¿Qué tipo de visa les expidieron? Debieron haber ido al consulado colombiano en Varsovia. Allá les otorgaron una visa. ¿Cómo se llama el amigo con quien trabaja?

—Abraham...

—Debió certificar que trabajarían para él.

Jacob no supo qué contestar. No quería involucrar a Abraham en el asunto. Cualquier infidencia lo transformaba en un soplón, en un traidor de la colonia. Su frente se llenó de puntos de sudor... Solo deseaba traer a Ruth en forma legal.

—Pero, ¿me puede ayudar?

Me levanté del escritorio sin comprender bien por qué mis preguntas causaban tanta incomodidad. Lo tomé del brazo para decirle:

—No entiendo cuál es el problema. Confía en mí. ¿Somos amigos, no es cierto?

—Mi cédula es legal...

—Ya lo sé. Te quiero ayudar, pero necesito saber con qué visa entraron.

Jacob me contó a duras penas la historia de Puerto Colombia.

Tomé el teléfono e hice un par de llamadas. El secretario general del Ministerio había estudiado conmigo, e indagué por una visa de residente.

—Se puso difícil —respondió—. La culpa es de los ingleses. Ya no se puede confiar en nadie. Por eso se han establecido una serie de prohibiciones y regulaciones en nuestra política inmigratoria.

—No entiendo.

—Hace un par de meses llegó al Ministerio una petición del Reino de la Gran Bretaña para que le otorgáramos visas de residente a ochocientos súbditos de su Majestad. Imagínate, si no le íbamos a dar el beneplácito a la corona inglesa. Respondimos que con gusto le expediríamos los documentos al contingente de vasallos del rey Jorge Quinto. El entusiasmado ministro llamó al gobernador y al alcalde de Cartagena para avisarles personalmente sobre el feliz acontecimiento. ¡La crema de la sociedad cartagenera se congregó para la ocasión! ¡Al fin íbamos a dar un salto adelante, y mejorar esta indiamenta! Se creó una comisión del más alto nivel para salir a recibir el vapor en nombre del Presidente de la República. No sé de dónde surgió el cuento de que en la nave viajaba de incógnito el sobrino de Lord Mountbatten, un aficionado a la caza y pesca. Como aquí estamos llenos de animalitos exóticos, corrió el rumor que pensaba radicarse en Colombia. Por cierto, antes de tocar tierra lo nombraron miembro del club de pesca. Entre las ceremonias planeadas por la Alcaldía, estaba la entrega de un pergamino que lo acreditaba como presidente honorario del club. Se sabía que el duque era soltero, y hasta se organizó un baile de gala con el propósito de introducirlo a la crema de la sociedad cartagenera. Se alcanzaron a distribuir las invitaciones donde se advertía en una pequeña nota, que no hicieran referencia al hecho de que era sobrino de Lord Mountbatten. Por razones de protocolo, era un gesto necesario. Se quería respetar su secreto, como lo pide la etiqueta. Las señoras corrieron adonde sus modistas. Más de una familia se ofendió por no recibir invitación al memorable agasajo. Todo estaba listo. El ministro pensó ir a recibirlos en persona, pero habían programado su conferencia, "El escrutinio de la sardina, su socio–genética y las relaciones internacionales", en la Biblioteca Nacional.

Llegó el barco, al que se saludó, con banda y desfile de la Armada Nacional. Se tocó primero el "God save the King". Luego se escucharon los acordes del "Oh, Gloria Inmarcesible", que sabes, es después de la Marsellesa uno de los himnos más bellos del mundo. La primera persona en subir la escalerilla fue el propio alcalde con las llaves de la ciudad.

A los pocos minutos bajó enfurecido. ¡Los súbditos de la corona eran una manada de negros! ¡El barco estaba lleno de jamaiquinos!

—¿Y qué pasó?

Lo que tenía que pasar. El alcalde prohibió a los pasajeros bajarse. Y los despachó de nuevo a sus casitas. No se puede confiar en nadie. ¡Ni en el rey de los ingleses! Por eso cerraron la inmigración al país. Tenemos prohibido expedir visas de residente, hasta nueva orden.

—Pedro y en un caso especial, llamémoslo así, de una señora ya esposa de un residente colombiano, que es mi cliente.

—Tú sabes que con un palancazo se saca todo adelante. Ahora impusieron un depósito de garantía. Se deben consignar mil pesos en el Banco de la República, antes de empezar cualquier gestión.

Le expliqué a Jacob la situación. Desconcertado me dijo que a duras penas había ahorrado setecientos pesos, y con ello esperaba comprar el tiquete y enviarle algún dinero a Ruth. Ahora debería trabajar el doble para traerla.

—Tomará tiempo pero lo conseguiremos.

Secuencia 28

—¿De dónde sacaré todo ese dinero? —le preguntó Jacob a Saúl, en la pensión.

—Vendiendo más —contestó Saúl— si quieres te ofrezco la innovación, que cargo en mi maleta. Hoy vendí en una hora tres docenas. Gané 30 pesos. Todo al contado.

—¿Treinta pesos?

—Sí. Mi nueva línea. Santos con olor. Le he agregado incienso en los crucifijos, y a las láminas de los santos. Son un éxito. ¡Una revolución! Todas los quieren. Ahora los santos huelen a iglesia y las estampas del Purgatorio llevan un leve olor a azufre. Les explico a las clientas que con el olor, los santos están más cómodos, al igual que en las iglesias; así cuando se las llevan a casa, se vuelven más productivos y los milagros se multiplican.

—Dime, ¿no te preocupa —preguntó nervioso— que la gente se ofenda?

—¿Por qué se van a ofender? Siempre miro al cielo y me hago el que rezo, mientras vendo. Además, después de cada venta digo amén, que es para ambas religiones.

Saúl extrajo de su maleta una estampa del Purgatorio. Jacob no comprendió el significado del dibujo. Saúl le señaló que en el cuadro, las ánimas le rogaban a los visitantes que las escucharan para que cuando volvieran a la tierra, le avisaran a los deudos que era posible abreviar su tiempo en el Purgatorio, comprando indulgencias para ir al cielo.

—¿Indulgencias? ¿Tú entiendes?

—Eso no importa. Cada vez que vendo una de estas, insisto que se debe comprar un santo de buen olor. El buen olor sube al cielo y vence al mal olor, acompañando a las ánimas. Les recuerdo la historia de Caín y Abel y como el buen olor sube al cielo. Funciona. Siempre vendo dos. Amén.

—Somos judíos.

—¿Y?

—Es posible que se ofendan.

—Tú y tus miedos. ¿Tienen ellos sentimientos con nosotros? No acabas de contar que para traer a Ruth te toca depositar mil pesos.

—¿Vendes al contado o a plazos?
—Si quieren el milagro rápido debe ser al contado. Dios no tiene sistema de crédito…

Secuencia 29

Saúl y Jacob viajaron a Puerto Colombia para recibir a Ruth. Saúl la conoció de niña. Logró distinguirla sin problema. Jacob no supo cómo actuar; le entregó un ramo de azucenas, algo golpeadas por el sol. El detalle la sorprendió.

—¿El tío Zalman Leib y la tía?
—Bien —respondió ella mientras lo observaba.

Ambos lucían sombreros, ninguno barba. Sin embargo, no los vio como los herejes que pintó su padre. Mientras avanzaban a la aduana Ruth se topó con una negra, de pañoleta en la cabeza. Capturó su atención. Por primera vez veía a una persona de tez oscura. Llegó a creer que la piel era teñida. Se preguntó si la negra piel mancharía o no su blanca ropa. También la impresionaron sus dientes que brillaban en el pregón de su aguda voz.

—Es preferible evitarlos —dijo Jacob— al contemplar su curiosidad.

Las esquinas del pesado baúl venían remachadas en metal. Las bisagras parecían colmillos que mordían las cerraduras. Traía los sellos de la compañía naviera. Cuando el guardia de la aduana revisó su interior, Jacob distinguió con la ropa: almohadas de plumas de ganso y sábanas y ollas y un mortero de bronce con su mazo y candelabros de cobre para las velas del sábado y un libro de oraciones. Eran su dote: y la amarrarían al viejo hogar.

Jacob ensayó en vano algunas frases para la llegada. El ruido y la gritería del puerto lo inhibieron. Detuvieron un taxi. Subieron el baúl al techo para amarrarlo con cabuyas. Ruth preguntó si se encontraba asegurado. El chofer captó la duda, por el tono de la voz.

—Tranquila niña, que esta cabuya es fuerte. La arrullaron el movimiento y el calor del auto. Jacob deseaba contarle sus planes: los arreglos para la boda, la ceremonia y cómo partirían luego a Bogotá, en donde había alquilado una pieza en una casa con otras familias judías. Deseó acariciarla: no se atrevió.

Secuencia 30

Por la mañana Ruth se duchó y envolvió su pelo con una toalla, para luego dejarlo secar con el viento. Se puso un vestido de algodón claro de mangas cortas. Jacob se molestó al verla. Le pidió que se cubriera porque la religión prohibía tentaciones. Una mujer soltera no debía andar con los brazos desnudos. Ruth consideró excesiva la media, ya que su padre, un hombre docto, nunca exigió tal recato; sin embargo, el rigor religioso de Jacob la tranquilizó.

—¿Y Saúl? —preguntó al regresar al patio después de cambiar su ropa.

—Visita el comercio.

Salieron a caminar por la Calle Murillo. Le contó que vendía telas y que Bogotá era una ciudad que crecía con edificios y fábricas. Llegaron a una tienda con un tonel de madera y una llave. La gente hacía cola para tomar una bebida amarilla. Ruth preguntó qué era; Jacob trasladó la duda a un hombre en la fila.

—Guarapo de piña, míster. Este chino prepara el mejor de la ciudad. Tiene el punto preciso. Se lo recomiendo —contestó mientras aguardaba paciente su turno.

Ruth contemplo otro brebaje lechoso adornado por una suave capa de canela. Una joven al verla señalar el vaso en su gutural idioma, advirtió:

—Avena.

—A-ve-na —repitió Ruth, quien acentuó la última silaba.

—Sí, avena —recalcó invitándola a que la probara.

Ruth preguntó si los refrescos se ajustaban a las restricciones de la dieta religiosa. Jacob indagó los ingredientes de cada brebaje para conferirles su visto bueno. A Ruth le agradó la fría y dulce bebida, a pesar de considerarla espesa para la sed.

Sobre el mostrador había una canasta de plátanos y aguacates. Los puntos negros de la cascara anunciaban que los plátanos comenzaban a madurar. Ruth pensó que eran bananos y los vio gigantes. Era lógico que las peras también lo fueran. Miró la canasta. Añoró aquellos veranos en que de niña subía con su hermano menor a coger las frutas de los perales. Disfrutaban las peras aún verdes, las mordían con ansiedad. Mientras Jacob hacía cola Ruth husmeó la canasta. Vio a la gente tomar las cocadas que descansaban sobre un plato en el mostrador y una de las muchachas con señas la invitó a servirse, pero ella prefirió tomar un aguacate. Palpó su exterior creyéndolo duro, pero notó su suave interior.

"…Una pera gigante…¿a qué sabrá?… "

Clavó sus dientes en la ruda y gruesa cáscara; la confundió el sabor amargo. Cerró los ojos y sin que nadie se diera cuenta, escupió el bocado. Jacob continuaba en espera de su turno. Ruth confundida no supo qué hacer con la extraña fruta. Contempló de nuevo la cáscara que le pareció tallada con pequeñas caras. Un gesto de molestia persistió en su rostro.

—¿Qué sucede?

Ruth no supo que responder.

—Las peras en América son horribles.

—¿Cuáles peras?

—Estas —dijo Ruth enseñando el aguacate.

—¿Lo mordiste?

—Sí —afirmó apenada —¿No es una pera?

Jacob estiró la mano para recibirle el aguacate y explicarle que se comía en ensaladas.

—Es horrible —dijo Ruth.

Jacob sonrió. El cuello y las mejillas de Ruth se ruborizaron.

—Por Dios no te preocupes. A mí me han sucedido cosas peores —explicó—. Un día llegué con las manos engrasadas. Fui a la cocina, encontré un bloque que supuse era jabón de tierra. Era ideal para la ocasión. Lo tomé. Le eché agua y agua y agua, con la esperanza que produjera algo de espuma. Pero mientras más lo hacía, más meloso se tornaba. Solo después de un largo rato, caí en la cuenta que frotaba algo que aquí llaman panela. Azúcar sin refinar. No supe cómo explicar la confusión. Me miraban. Creían que estaba loco.

Ruth sonrió.

En el curso de la conversación Jacob le preguntó sobre su familia. Ella confesó los miedos y dificultades que padecía por su venida. Él afirmó:

—Voy a escribir contándoles cómo será la ceremonia religiosa… Creo que ayudará. También debemos enviarles algún dinero entre los dos. Vamos a ser marido y mujer. Son nuestros padres.

Secuencia 31

En el patio de la sinagoga se armó el palio nupcial. Se construyó con un taled y estacas, que sostendrían, durante el oficio, cuatro asistentes. Diez hombres constituían el quórum para iniciar la ceremonia.

Era domingo. La señora Aisen preparó unos bizcochos esponjosos. Llegó a la sinagoga con dos latas cubiertas por bolsas de papel café, que dejó sobre una mesa. Tomó un cuchillo y procedió a tajar los ponqués. Cuando Ruth se acercó, la señora Aisen le contó que recién llegado Jacob al país comía en su casa.

—¿Me imagino que usted también viene de familia religiosa?

—Sí —afirmó Ruth.

—Mi familia es húngara y mi padre era un santo, un hombre consagrado a la ley.

—El mío también es devoto —afirmó Ruth.

—Los bizcochos quedaron un poco quemados en las orillas, pero están sabrosos —dijo la Aisen, quien sacó de su cartera una pañoleta para la ceremonia.

Roitblat oficiaría el acto. Leyó el contrato matrimonial escrito a mano con letras hebraicas; lo compartió con Saúl y Leisbish quienes actuaron con testigos. El novio se paró al lado izquierdo, bajo el palio nupcial. Roitblat le indicó a Ruth que debía girar siete veces alrededor del novio para comenzar la boda. Al terminar las vueltas, Jacob levantó el verlo para revisar, de acuerdo con la tradición, que no sería engañado con una mujer diferente a la pactada. Volvió a bajar el velo. Roitblat alzó la copa de vino que sostuvo en su mano derecha.

—Atención, señores —exclamó—. "Bendito sea tú, oh Eterno, nuestro Dios, rey del universo que creaste el fruto de la vid".

Entregó la copa a los novios para que tomaran un pequeño sorbo. Jacob sacó la argolla. La pasó a los testigos para su aprobación. Roitblat le indicó a Jacob que colocara el anillo en el dedo índice de la mano derecha de Ruth.

—Repite conmigo. "Con este anillo me eres consagrada según las leyes de Moisés e Israel".

Jacob pisó con fuerza un vaso para rememorar, aun en los momentos de alegría, la destrucción de los dos templos de Jerusalén.

—¡Suerte! —gritaron los asistentes.

Jacob posó sus labios sobre los de Ruth, quien se erizó. Era la primera vez que la besaban.

El señor Roitblat leyó en voz alta el contrato matrimonial. Los testigos, Jacob y Ruth lo firmaron. Al terminar el oficio se acercaron a la mesa. Sirvieron pequeñas copas de ron para brindar por la salud, felicidad y larga vida de los novios.

—Cuánto se quedan en Barranquilla —preguntó uno de los asistentes.

—Mañana partimos —respondió Jacob.

Secuencia 32

Masha le advirtió que todo se iniciaba con unas caricias para culminar en dolor y correr al baño a orinar sangre. Sabía que el momento se acercaba. Ante el susto intentó aplazarlo. Notó a Jacob contento; se preguntaba por qué no compartiría la misma felicidad. Ahora era ella quien deseaba proponerle que caminaran por la ciudad.

—Solo pido un varón que rece por nosotros —dijo Jacob.

Ruth no supo qué contestar. Al verlo entrar en la cama, no logró detener sus manos que se deslizaron por su cuerpo como olas empujadas por el viento de los pactos firmados. Jacob esquivó los algodones para encontrar una humedad que no florecía. Sus amilanados ojos azules no fueron capaces de cambiar el rumbo a los dedos que navegaban con placer. Ambos tensionaron sus músculos; solo ella padeció el ardor.

Secuencia 33

Bogotá los recibió al anochecer. La señora Baum abrió la puerta. La entrada de la casa era un corredor que desembocaba en dos salones separados por puertas de madera y vidrios esmerilados. Bajo el mismo techo vivían dos familias: ellos serían la tercera. La señora Eisenberg, dueña de la casa, les dio la bienvenida. Era una construcción espaciosa de dos pisos. Cada familia habitaría una pieza. Los Baum y los Eisenberg compartirían la segunda planta, mientras que Ruth y Jacob habitarían en el primer piso. En todos los dientes de las puertas habían clavados tahalíes, con oraciones escritas en pergaminos que confirmaban la religiosidad de la Eisenberg. Su pieza se distinguía por llevar el tahalí más grande. Todos compartían la sala y la cocina.

—Enseñémosles su nido —dijo la señora Eisenberg.

Una oscura puerta se abrió al girar la llave de punta dentada. En el centro: una mesa de madera con dos asientos; al fondo: dos camas unidas que Jacob compró antes de partir hacia Barranquilla; al lado izquierdo: un aguamanil de peltre con flores anaranjadas; una jarra de agua; un platón; al costado derecho de la cama: una bacinilla.

Ruth observó una de las paredes con la pintura soplada por la humedad. Recorrieron el resto de la casa, con sus tres patios. Al entrar a la cocina, la señora Eisenberg le enseñó a Ruth su anafe:

—Este será tu sitio.

La hornilla fabricada de zuncho le llegaba a las rodillas.

—Aquí queda el carbón —señaló la Eisenberg— luego te enseñaremos el resto.

La señora Baum calentaba una taza de leche para Gershon su hijo, y comentó:

—Apuesto que les alquiló la pieza más húmeda. Hoy en día ni los enemigos viven gratis. Se paga por ellos.

—No le prestes atención —replicó la Eisenberg— ¡Por qué metes las narices en lo que no te incumbe!

Jacob revisaba complacido. Ruth continuaba en silencio. Un trozo de carne salada reposaba sobre la alberca en un plato. La Eisenberg se acercó para taparlo con otro plato que pisó con una piedra.

—Hay que cuidarse de los ratones.

La señora Eisenberg les ofreció un café con leche y pan. Jacob aceptó.

—La señora Eisenberg es famosa en la ciudad por mantener una casa con carne trifa y bajo la más estricta dieta religiosa —anotó Jacob.

—Toda mi loza tiene un sitio —dijo— enseñando los estantes que separaban la vajilla de carne y la de leche. A mí no se me confunden —agregó aludiendo a la Baum—. Mañana te mostraré dónde queda el mercado.

Antes de retirarse a sus cuartos, la Eisenberg les entregó una vela, en caso de que se fuera la luz.

Jacob empujó el baúl para colocarlo al lado de la cama. Ruth lo abrió. Sacó un camisón de dulceabrigo estampado con pequeñas florecitas. Estaba agotada. Al quitarse las medias sintió las tablas del piso que encontró frías. Trató de entrar en la cama, pero al tocar las sábanas se paró y volvió al frío piso.

—Están mojadas —protestó.
—¿La cama?

Jacob ya se había desabotonado la camisa. Se preparaba para lavarse la cara, cuando se acercó, colocó su mano sobre las sábanas y las sintió frías.

—Duerme tú del lado derecho, yo del izquierdo —propuso.

Ruth quitó los tendidos. Sacó el único que le quedaba en el baúl. Al probarlo también lo percibió húmedo. Sabía que así no conciliaría el sueño. Necesitaba dormir. Estaba mareada; la finura del aire la fatigó.

—¿Nos prestará la señora Eisenberg unas sábanas por esta noche?

—Imagino que sí, pero...

Ruth se puso la levantadora y unas pantuflas para salir a hablar con la Eisenberg. Cuando abrió la puerta, algo se movía en zig-zag por el corredor. Cerró la puerta, se refugió en la cama. Reencontró el frío de las sabanas y su humedad.

Jacob escuchó unos sollozos. Todo ocurrió en segundos: no alcanzaba a hilar los acontecimientos.

—¿Qué pasa?

Jacob volvió a palpar las sábanas. Estaban frías: eso era todo. Se cubrió, ajustó sus pantalones para salir al encuentro de la señora Eisenberg. Explicó que su señora sentía las sábanas mojadas. Agradeció que le facilitaran un par, mientras compraba otras y terminaban de apearse. La Eisenberg se extrañó, pero no hizo ningún comentario. Sacó de un armario con espejo vertical tallado en sus bordes, un juego de cama almidonado. La Baum que escuchaba la conversación, se acercó a Jacob y dijo:

—La solución es una botella de agua caliente. Se la voy a preparar.

Ruth extendió las sabanas, las dobló y aprisionó sus puntas con el colchón de algodón. Le agradeció a la señora Baum. Colocó la botella en la cama al lado de los pies. El frío del piso indujo sus deseos de ir al baño. No era capaz de atravesar el corredor. Jacob se quitó la camisa y entró en la cama. Ruth observó la bacinilla. Su pudor no la dejó en libertad frente a Jacob.

—Ya se solucionó el problema, ves como todo se resuelve —dijo Jacob en tono paternal, mientras tomaba el periódico.

Ruth necesitaba que apagara la luz y se durmiera para usar la bacinilla. Insistió que estaba cansada.

—Un segundo, acabo este artículo y apago.

Los segundos se hacían eternos. Ruth dobló las piernas. Nunca había comprendido por qué los religiosos dormían en camas separadas, a pesar de que las unieran; esta vez estuvo de acuerdo con la tradición.

"...¿Cuándo apagará la luz?..."

De no apagar la luz, amanecerían, de verdad, mojadas las sábanas. Ruth cubrió a medias su cara con las cobijas.

"...¿Por qué no se irá a la luz, cuando se necesita?..."

Por fin escuchó que Jacob doblaba las páginas del periódico en yiddish que le habían prestado en la sinagoga. Bajó de la cama y apagó el interruptor. Ahora la espera radicaba en que se durmiera. Aguardó a que la respiración se pausara y adquiriera un ritmo estable. Ruth se levantó con suavidad. Un pequeño rayo de luz, que se filtraba entre las cortinas, sirvió de faro. El traqueteo de las tablas develó sus pasos. ¿Debía continuar o regresar? La necesidad marcó el camino.

"...Que Jacob no se despierte... Que no se dé cuenta...

Llegó a la bacinilla: el tintineo la delató.
—¿Ruth?
—¿Sí?
—¿Qué pasa?
—Nada.
Las palabras la intimidaron, pero era difícil parar.

Secuencia 34

La señora Eisenberg la introdujo en la rutina diaria. Esa mañana le presentaron a Gladys, la muchacha del servicio doméstico.

Primero fueron a la tienda de don Luis por leche y pan. El sol brillaba entre las montañas; algunos parches azules se asomaban entre las nubes.

Don Luis era pequeño. Su tez pantanosa no dejaba entrever con claridad la edad; el brillo de su pelo lacio contrastaba con la opaca tienda. Sobre su oreja izquierda: un lápiz mordido, con que efectuaba las cuentas sobre las orillas de periódicos viejos.

Ruth observó los estantes con: panela; jabón; granos en bolsas de papel café; chocolate amargo y velas atadas como racimos de un gancho. Don Luis medía la leche con un perol de aluminio que sacaba de una cantina. Antes de partir la señora Eisenberg recordó que necesitaba almidón para la ropa blanca.

En casa se inició el ritual del encendido del anafe. La señora Eisenberg cocinaba en la estufa principal de ladrillo mientas que a las inquilinas les correspondían los anafes. Le entregaron a Ruth un pedazo de trapo, que untó en kerosene. Acomodaron sobre una cama de paja los carbones para que les entrara aire. Debajo de la hornilla pusieron una caja de madera rústica con el fin de recoger las cenizas que caerían como flecos de nieve. El kerosene se consumía en segundos, pero dejaba los primeros rescoldos que las mujeres abanicaban en vaivenes acompasados. El carbón vegetal reventaba con chispas sonoras. La leche herviría a los pocos minutos.

Ruth sirvió el desayuno en la pieza sobre la mesa. Jacob mojó el pan en el café con leche. Cuando terminó, Ruth temió que Jacob se fuera y la dejara sola. Observó la pesada maleta que cargaría de puerta en puerta. Jacob le recomendó que siguiera los pasos de la señora Eisenberg.

—¿A qué hora regresas?

—En este trabajo no hay horario. Intentaré volver para el almuerzo; por lo general sigo y aprovechó que los clientes se encuentran en casa para cobrarles. Casi siempre regreso al anochecer.

—No demores —dijo Ruth.

Cuando fue a lavar la loza, encontró a la señora Baum que soplaba el anafe para animar las brasas.

—El niño me va a llegar tarde al colegio —dijo— ¿me ayudas con el pan?

Ruth la acompañó a su pieza. Al entrar Gershon limaba su lápiz contra la baldosa de la ventana.

—Saluda a la tía —dijo la señora Baum.

Gershon se acercó. Le plantó un beso en la mejilla.

—¡Estoy en segundo primaria!

—¡Tómate ya ese café! ¡Mira la hora! Necesitamos un doctor en la familia, así que apresúrate.

—Si comes serás fuerte —afirmó Ruth.

—Ya soy fuerte —contestó Gershon enseñándole sus bíceps.

—¿En qué colegio estudias?

—En el Americano. No lo obligan a ir a misa —respondió la señora Baum.

—A los demás niños sí les toca ir a clase de religión, a mí no.

—¡En vez de dar tantas explicaciones acábate ese café de una vez por todas! Ese niño me va enloquecer… ¿Le gustan los pepinos encurtidos? —le preguntó la Baum a Ruth.

—Me encantan.

—Entonces vamos a la plaza de mercado, que está cerca del colegio. Venden eneldo. Imagino que todavía no ha comprado canastos. También los conseguiremos, la señora Carlina da buenos precios. Espérame un minuto, ya regreso.

Cuando la señora Baum retornó de su pieza, sus labios venían pintados de un fuerte carmesí.

—¿Vas a ir así tan pálida?...

Después de mirarla, rectificó:

Con esos ojos, sonrisa y figura ¿para qué más?

Ruth nunca se había maquillado. En su pueblo solo las mujeres mundanas lo hacían.

Secuencia 35

Esquinas cortadas en redondel distinguían el barrio. La señora Baum indicó que irían primero a la Carrera Décima para subir un par de cuadras en dirección a las montañas.

—Ese es el oriente.

Ruth observó por primera vez la edificación que coronaba la cima. Gershon al ver el tren que subía por los durmientes hacia el túnel, le dijo a Ruth que el funicular penetraba el interior de la montaña, para salir luego a la superficie. Sabía, porque lo habían llevado de paseo un domingo.

—¿Cómo llegaron ustedes a este país? —pregunto Ruth.

—No sé cómo llegó Samuel. Desde que se fue nunca supe ni una palabra de él. Escribía más un manco. Por su familia averigüé que estaba en estas tierras. Saqué los pocos centavos que tenía ahorrados, cogí al niño en una mano, la maleta en la otra, y tomé un barco. En Puerto Colombia escuché a alguien que gritaba en yiddish. Pregunté por Samuel el panadero. Me dijo que lo conocía. Le pedí que me llevara adonde trabajaba. Cuando entré, por la forma en que abrió la boca, creí que iba a perder la caja de dientes.

—¿Qué haces aquí? —me preguntó.

—¿No me mandaste traer?
—¿Yo?
—Sí; tú —respondí— no me casé con el zapatero.
—No —me contestó sorprendido.
—¿Y me lo dices a mí?
—Bueno así vine, y aquí estoy. Ahora mi hijo tiene un padre... ¡para lo que sirve! Después vinimos a Bogotá y abrió su panadería. Si necesitas pan de trenza el viernes para la cena, ya sabes quién lo vende.

La plaza era cubierta. Quedaba en un edificio de frontón agudizado con entradas de arco, amplias esquinas de chaflán y un recuadro para la publicidad que anunciaba: "el exquisito chocolate Nardo".

La señora Baum le comentó a Ruth:
—En Europa hacía los encurtidos en barriles. Aquí los preparo en frasco de vidrio. No quedan mal. Es importante revisar las puntas de los pepinos, asegurasen que no estén arrugados.

La Baum se movía con agilidad de un puesto a otro mientras palpaba las verduras. Compró ajo; laurel y pimienta de olor, unas cebollas. Regateó para las dos.

—Bueno, bueno, Carlina meta en la canasta. Yo conozco sus precios. Le compro para dos familias, pero me rebaja. ¿No tiene remolacha?

La plaza guardaba un sabor indígena. Todas las mujeres usaban sombreros negros de hombre. Envueltas en pañolones vivían recluidas en una pobreza resignadas. Era una miseria diferente a la que Ruth conoció en Europa. Un olor triste, de condescendencia se mezclaba con la variedad de frutos y colores.

—Hoy no es un buen día. Las campesinas suben los domingos. Traen gallinas y animales criados por ellas —dijo la Baum, mientras recogía una canasta grande otra mediana y una pequeña para Ruth.

—¿Cuánto te dio tu marido?
—Dos pesos.

—Bueno, por lo menos es generoso. Yo de ti guardaba un peso —dijo la Baum— siempre hay que ahorrar. Uno debe tener un guardadito, un paquetico para uno. Yo siempre le digo a Samuel que necesito más dinero para el mercado. Aquí regateo todo centavo y saco para mis cosas. Deberías hacer lo mismo. El que se come todo el roscón al final no le queda sino el hueco. ¿Encontraste remolachas?

Escaseaban esa mañana. La Baum se dirigió a la mesa en donde colgaban los pescados. Había un bagre tajado cuya carne rosada dejaba entrever algunas de sus venas. Su olor atosigaba.

—Sabes —le dijo la Baum a Ruth— cuando llegué a América los pescados que encontré eran diferentes a los de casa. Al principio me costó trabajo comprarlos. Me daban nauseas. Pero uno se acostumbra a todo.

—¿Tiene mojarra? —preguntó la Baum.

—¿Cómo sumercé? —replicó la vendedora.

—Mo–ja–rra —repitió mientras separaba las sílabas—. Uno dice una cosa, ellos entienden otra. Siempre pido mojarra y me dan almojábanas, un pan horrible. Nunca sé qué entienden.

—Tengo "capitán", del río Bogotá. Fresquitico, mi señora.

La Baum le explicó a Ruth que el "capitán" no se podía comer, como tampoco el bagre, por ser pescados sin escamas y prohibidos por la dieta religiosa.

—¿Sardinata?

—Si hay, mi señora.

—Ese si está permitido.

La Baum revisó las agallas de los pescados. Las vio rosadas e inició el regateo. Agitaba los brazos de tal forma que simulaba estar ofendida. Cuando logró el precio que deseaba se calmó. Le dijo a Ruth con una sonrisa:

Conseguimos unos centavos para el guardadito.

Secuencia 36

Querida Masha:
Ante todo te comunico que, gracias a Dios, nos hallamos en perfecto estado de salud. Quiera Dios que me digas lo mismo de la tuya, tus hijos y marido y que siempre estén bien.
Cuando llegué al puerto me esperaban el primo Saúl y Jacob. Las advertencias de papá y los cuentos que trajo de la sinagoga me asustaron. Pronto se aprende que en América es necesario hacer cambios. Todos los judíos se cortan la barba y visten igual que cualquiera en la calle. No por ello dejan de ser judíos.
Jacob es un hombre religioso, tal como escribió el primo Saúl. Respeta el sábado y guarda la dieta religiosa. Si es un consuelo para papá a ratos me parece demasiado estricto. Por ejemplo, cuando llegamos a Barranquilla, una ciudad caliente, más caliente aún que los veranos de Zelochow, no me permitió usar un vestido de manga corta porque según él una muchacha judía no debía permitirse esos exhibicionismos. En los veranos con todo lo religiosa que es mamá nos dejaba salir a la calle en vestidos de manga corta.
Jacob le escribió a papá y envió un regalo para la familia. espero me perdonen.
El primo Saúl es un hombre moderno. Con año y medio de estar aquí, ya logró independizarse. Es su propio dueño. No sé por qué, pero en esta ciudad todo es posible.
Sud América no es como me la imaginaba. Añoro el viejo hogar, pero aquí no se pasa hambre, y los mercados están llenos de productos diferentes. Cuántas veces, querida hermana, he deseado correr a tu casa para abrazarte y contarte todo lo que siento y que probáramos algunas frutas juntos. Estoy segura que te encantaría. Me hace falta la familia.
Jacob alquiló una pieza en una casa con dos familias judías. Las discusiones en los corredores me recuerdan las calles del pueblo. A ratos tengo la sensación de no haber salido de Zelochow. La señora Eisenberg es como la vieja Brojke y la Baum

se parece a la tía Freidke. Pelean como perros y gatos. A pesar de ello, siempre están juntas. Soy amiga de la Baum, quien me ha enseñado algunos trucos para que no me engañen en estas tierras.
Pensé que en América iba a llorar más, pero no ha sido así. Jacob es un buen hombre. Aprendo a quererlo.
Contesta pronto.
Ruth

Secuencia 37

Saúl llegó a mi oficina acompañado de David Kurschner. Querían que los ayudara con el papeleo de una importación de pieles. Los invité al café para hablar sobre el tema. Como de costumbre estaban de afán. Las fórmulas, así como las cautelas sociales que anteceden muchos negocios, eran abreviadas por Saúl con firmeza y extraña suavidad para desembocar sin demora en sus intereses.

—¿Qué pieles les gustaría importar?

—¿Astracán y zorro plateado —dijo David.

Saúl logró un crédito en el banco que le permitía asegurar la operación. Manejaba su chequera como una lanza. La cargaba en el bolsillo de su saco a manera de escudo. Gracias a su capacidad de juego con cheques pos–datados comparaba mercancías que cancelaría después de haberlas vendido.

Intrigado pregunté cómo obtuvo un préstamo tan alto en el banco y respondió:

—No hay nada como un cara fiable. Si tienes cara fiable, te dan crédito. Es así de simple. A mí me sucede lo mismo con algunos clientes. Les sigo fiando, porque tienen una cara fiable. No son más honestos que otros. Uno no se explica por qué se siente seguro con ellos.

—¿Y si no te pagan? —pregunté.

—Pagan. Logran que otro les preste y así tapan un hueco con el otro. Ese tipo de persona inspira confianza y puede realizar grandes negocios, aun sin tener dinero. La gente que nace con cara de "yo no fui" seduce gerentes de bancos. Les prestan dinero. Ahora, en esta ciudad, ayuda si eres rubio y tienes ojos claros.

Secuencia 38

Al salir de mi oficina, David regresó a su almacén por la Avenida de la República; con Saúl bajamos al Banco de Colombia. Vimos el emblema de la barbería, que rotaba en espiral ascendente. Nos vendría bien un corte de cabello y decidimos entrar. Samuel Baum se encontraba sentado en una de las sillas koken porcelanizadas y al ver a Saúl lo llamó a su lado. Los tres nos alineamos frente a los espejos redondos.

—¿Sabías que la mujer de Abraham Silver está embarazada?

—No —contestó Saúl.

Creí que sabías... Dicen que cuando se enteró le regaló una esmeralda, pero lo estafaron.

—Está de buenas que su mujer no es una joya —respondió Saúl.

—Ustedes sí que hablan chistoso —dijo Gonzalo, el dueño de la barbería que se acercó a saludarlos—, verdad que el doctor Nieto entiende todo. ¿Usted estuvo de embajador en esas tierras?... Prefiero que se hable cristiano por acá, pero el negocio es negocio.

En ese momento entró Marcos Zlotes, quien se sentó al lado de Saúl y dijo:

—A ver Gonzalo si me arregla rápido, que voy de afán.

—Eh, ustedes si afanan más que un purgante. Pero me gusta afeitarlos, porque hay de donde cortar. Mientras que a los de aquí, no se les oye un grito de pelo a pelo.

Gonzalo tomó una sábana limpia con la cual rodeó el cuello de don Marcos.

—¿Qué corte prefiere?
—Corriente.
—Parece que aquí se encuentran más judíos que en la sinagoga —dijo don Marcos en yiddish.
—Nú, ¿qué se oye en la calle?
—Rubinstein trajo una hermana y contó que en Alemania un judío ahora no tiene derecho de manejar ni su propio automóvil.

Secuencia 39

Era sábado. Ruth dejó la noche anterior sobre rescoldos una olla de barro con frijoles; cebada perlada; huesos de res; pajarilla y papa. Durante el día no era permitido encender fuego. En su pueblo muchas familias dejaban la tradicional adafina en el horno del panadero. Estuvo tentada a pedirle el favor al señor Baum, pero la Eisenberg le facilitó un espacio en el suyo que era amplio.

Ruth estaba orgullosa. En la plaza encontró una vasija de barro con tapa y pensó que sería ideal para el estofado. Al principio no se imaginó la adafina en una olla de barro ya que le confería un aspecto poco ortodoxo. Llevó a cabo el experimento. Funcionó: la olla guardaba el calor en forma pareja. Poco a poco descubriría posibilidades en el nuevo mundo, que la ayudaban a conquistarlo.

Había planeado el almuerzo con cuidado: el primer plato, bolas de pescado molido que serviría frías con raíz picante; luego el estofado.

Al regresar Jacob de la sinagoga se dirigió a hacerle la ablución de las manos. Ruth le entregó la toalla para que se secara y le reprochó su demora.

—Ya estaba aburrida de esperar. ¿Qué tal estuvo?
—Bien. Sabes, la gente no es tan mala después de todo. Propuse una colecta para los Berman que acaban de llegar con tres hijos; a duras penas tienen para comer. Reunimos

cinco pesos. Yo di un peso y ochenta centavos de nuestra parte.

—Ya te voy a servir —dijo Ruth acariciándole el cabello mientras él remplazaba su sombrero por un solideo.

Ruth recogió el cocido para llevarlo a la pieza.

—Adafina —exclamó Jacob con entusiasmo al abrir la olla.

Ruth sabía que Jacob disfrutaba el sábado con todo el rigor que el ritual imponía. Al terminar de almorzar en forma religiosa se quitaría la ropa y haría la ceremonial siesta.

Ruth lo acompañó. Sabía que era el momento escogido por el Señor para la procreación.

Se enfrentó al cometido religioso que para nada le disgustó: las caricias la dividieron como una granada. Entre suspiros, un aire cargado de timiama alargó sus sombras. Se abrigaron en la fragancia que rememoraba el día de guarda. Recorrieron el monte de la mirra, la colina del incienso, hasta que sus alientos tomaron el aroma del gálbano.

Secuencia 40

Jesús María Benavides me tomó del brazo. Venía de hacer un estudio de títulos en el catastro. Subimos por la Avenida Jiménez. Pasamos por la Gobernación con su metopa decorada por figuras recostadas y columnas estriadas de capiteles corintios. En la estrecha Carrera Sexta unas señoras observaban con atención la vitrina que exhibía manteles recién importados de España. Los encajes florecían en pétalos de hilo, que encantaban a las transeúntes. La Sexta creaba una sensación de túnel calado encerrado por edificios modernos que se iluminaban con teas de cristal de leche. Con Benavides fui al café. Nuestras siluetas se reflejaban en los baldosines negros italianos que enmarcaban las vitrinas. En el Pasaje, la greca, de cuatro manubrios, silbó con el vapor de la bebida que filtraba. Nos acomodamos en una mesa redonda de patas de tulipán. Jesús María levantó su mano en busca de servicio, mientras se quitaba el sombrero de fieltro café para ajustar el tafilete y de paso arreglarse el cabello. Una joven se acercó para atenderlos.

—Un tintico y un cigarrillo para el frío.

En ese momento entraron Saúl y David, quienes al verme nos saludaron. Los invité a sentarse. La conversación giró alrededor de la noticia del día. *El Espectador* anunciaba esa tarde el posible cierre de las importaciones. Me llamó la atención oírlos hablar sobre el tema, como si no los afectara.

—Pero ¿será una medida conveniente para los comerciantes? —pregunté.

—No sé —dijo Saúl—, pero mientras más escasa la mercancía, más costosa, y más largos los plazos.

A Benavides lo descompusieron las palabras de Saúl. Por lo general era un hombre delicado, de finos modales. Me sorprendió su reacción.

—No me parece correcto. Esa actitud afecta a la gente bien. En eso sí le doy la razón a *El Tiempo*, que en un editorial se quejaba de la manera en que la ciudad se uniformó. Para decirle verdad, el país se llenó de gentuza. Ahora con esas venticas a plazos, cualquiera viste paño inglés y no se distingue a los ruanetas de la gente de regias costumbres.

Noté a David incómodo e intenté cambiar el rumbo de la conversación, pero Jesús María continuó impasible.

—¿Ustedes no creen que esas venticas a plazos son fatigantes? Deberíamos regresar al comercio de antes, cuando se pagaba al contado y punto. Cuando se tenía dinero, se compraba y no se fomentaba tanta deuda. La usura, el fiado, son costumbres poco sanas.

—Te recomiendo —dijo mirándome— que compres rapidito un lote en Teusaquillo, para alejarte de este centro que se ha vuelto invivible con tanto aparecido.

David le dijo a Saúl en yiddish:

—Este me recuerda el cuento del conejo que salió de Rusia, cruzó la frontera y le preguntaron:

—"¿Por qué huyes?
—Persiguen elefantes —respondió.
—Pero si tú no eres elefante —le dijeron.
—Sí; pero quién los convence…" Vámonos.
Saúl sonrió.

En este momento entró el Conde de Cuchicute con su capa española, sombrero coco y monóculo. Frente a todos comenzó a recitar sus versos. Saúl y David aprovecharon la escena para despedirse.

—¿Qué les ves a esa gente? Prefiero que la ciudad se llene de locos como el Conde y no con esos tipos. Te diste cuenta lo indelicados. Hablar en presencia de uno otro idioma. Hubiera sido francés; todavía. ¡Molesto el detalle! Aquí se habla cristiano. Si no les gusta, pues que se vayan. Te digo que me incomodan los gestos de esa gente. Tanta mueca es sospechosa. Los polacos gesticulan mucho. Los curas no se equivocan al condenarlos. El presidente Núñez tuvo razón al referirse a ellos como hongos, parásitos, cáncer. Todos sabemos que han montado una conspiración para apoderarse del mundo. Son dueños de la banca mundial. Si los dejamos, acuérdate de mis palabras, se toman el país. Hay gente, que cree que deberían apedrearles de una vez por todas el comercio que han montado en la Carrera Séptima, para ver si se van.

—Pero, ¿si son tan fuertes y preparan una conspiración para apoderarse del mundo, no sería mejor aliarse con ellos?

—¿Estás loco? Esa gente es inmoral, no tiene decoro, ni gusto, ni pundonor. Donde los dejemos, olvídate mañana ya no seremos un país de familias. En últimas les falta nobleza y casta… Por cierto este domingo hay toros en la Santamaría. El cartel es de primera. Seis de lidia de la ganadería de Mondoñedo para Joselito, Domingo Ortega y Conchita Cintrón. Y en la plaza ni en sol ni en sombra se ve uno con polacos.

Secuencia 41

La campana dobló tres veces. Era la hora del recreo y Gershon corrió al baño. Lo esperaban sus compañeros.

—Vamos hacer un concurso de pipís. Gana el que lo tenga más grande.

—A ver Sapo, saque el suyo primero.

—¡Uy! El de Pino sí es chiquito. Lo nena.

Gershon examinó el de los demás y los encontró diferentes: al suyo parecía faltarle algo. Con el frío se me encoge, pensó... Si me lo estiro, será más largo... Buscó desabotonar su bragueta, pero los botones produjeron, una espera, que llevó a los niños a gritar:

—¿Bueno, lo saca rápido o es una nena?

Gershon por fin logró desenmarañar los ojales. Descubrieron que el suyo era como una fresa. Llamó la atención de los otros niños.

—Deje ver bien.

Lo compararon a los otros: era distinto. Ninguno se explicaba por qué, pero sabían que Gershon estaba exonerado de las clases de religión.

—Ya sé por qué es diferente —dijo Diego— Ese pipí no es católico.

—¿Entonces qué es? —preguntaron los niños.

—Judío.

—En la historia sagrada dijeron que los judíos mataron a Cristo.

—No es cierto —gritó Gershon.

—¡Ustedes mataron a Dios!

—¡Yo no maté a nadie!

Gershon no acaba de creerlo. No sabía qué decir. Sus ojos se aguaron.

—¡Nena, nena, nena! —cantaron en coro los niños.

Secuencia 42

Gershon entró en la casa con los ojos enrojecidos.

—¡No vuelvo al colegio!

—¿Cómo?

—No vuelvo —repitió Gershon con tono enfático.

—O vuelves o te reviento la cabeza. Escoge.

—Pero, mamá...

—No quiero seguir discutiendo contigo. ¿Ya hiciste las tareas?

—Mamá, pero dicen que maté a Dios.

—¿Quién dijo eso?

—Los otros niños dijeron que nosotros matamos a Cristo.

—Ah, eso. No te preocupes —contestó entregándole un pañuelo para que se limpiara la nariz— El tal Cristo, nunca fue Dios. Son cuentos de los gentiles. No te preocupes. Tú eres judío. Ellos están equivocados. ¿Entiendes? Yo que soy tu mamá, te digo que no es cierto. ¿No te basta? Olvídalo.

—Sí, pero no regresaré al colegio.

—Si te molestan contestas, que para nosotros el tal Cristo no existe y punto. Regresarás... regresarás al colegio. Necesito un médico en la familia.

—Mamá...

—No va a pasar nada...

—Pero... mi pipí es diferente.

Secuencia 43

—¿Estás lista? Vamos a llegar tarde —insistió Jacob mientras terminaba de anudar su corbata.

Iban a casa de Abraham. A los Silver les había nacido un niño. Esa mañana le harían la circuncisión. Ruth estiró su falda dando vueltas para ver si le quedaba arrugada en la parte trasera. Se acomodó el sombrero marrón engalanado con una pluma de destellos verdes y fino encaje de bolillo, que al bajar cubrió sus ojos. Con un alfiler de mango nacarado pinchó la felpa para ajustarlo a su cabello.

Salieron sin pronunciar palabra. Jacob no quería llegar tarde.

Abraham se acababa de mudar a un apartamento en el barrio Santa Fe. Le indicó a Jacob que el edificio quedaba en la única avenida con separador de calles y árboles.

Al llegar Ruth detalló los balcones de curvas sinuosas; la puerta de hierro de la entrada cargada de arabescos; la fachada de capas de piedra como turrones de Alicante.

Abraham les abrió. Mordía como de costumbre su tabaco y extendió sus brazos para darles la bienvenida.

—¡Mi paisano de Szczuczyn! —exclamó mientras señalaba con su gruesa mano el camino.

El piso de granito repicó al compás que Ruth marcaba con sus tacones.

—Ya vamos a empezar —comentó Abraham—. Jacob ya que eres el más santurrón de mis amigos, te escogí como uno de los padrinos del niño.

A Jacob no le gustó el término santurrón, pero no hizo ningún comentario por considerar un honor religioso cargar al bebé durante la ceremonia.

A Ruth le correspondería llevárselo para iniciar el ritual. Le molestaban los zapatos. Hubiese preferido no caminar.

"...¿A quién se parecerá el bebé?... ¿A Abraham o a Emma?...".

Saludaron a todos los presentes. Ruth se dirigió a la alcoba; a Emma la rodeaban varias señoras. La felicitó. Emma orgullosa enseñó el bebé de ocho días de nacido, que lloraba de hambre. Ruth lo alzó. Al palparlo notó que estaba mojado. Se lo entregó de nuevo para cambiarlo. Emma dobló, en forma de triángulo, una tela de algodón sobre la que acostó al niño.

La señora Baum entró en el cuarto con sus pasos cortos y acelerados; saludó a todas de un beso. Ruth y la Baum contemplaron: la manecita de oro; las cintas azules; un diente de ajo; ruda: todos amuletos contra el mal de ojo que rodeaban la cuna.

—La diferencia entre los hijos de un pobre a un rico —dijo la Baum— está en que los ricos no tienen hijos, sino herederos.

Ruth sonrió.

—Me aprieta...

—¿Tu marido? —replicó la Baum.

—No; el zapato.

—Entonces, no es grave. Siempre se puede comprar un nuevo par.

En la sala los hombres comenzaron el rezo. Emma mojó un algodón con vino, para bañar los labios del infante, quien succionó con desesperación las gotas, como si vaticinara la operación a que lo someterían. Emma entregó la criatura envuelta en una manta azul celeste. Apretaba sus pequeños ojos y emitía un grito recurrente y rítmico. Ruth detalló sus pequeños puños que la enternecieron.

Jacob con el taled que rodeaba sus hombros fue sentado en el centro de la sala. Sobre sus rodillas descansaba una almohada de plumas donde colocarían al niño. Cuando recibió al bebé, un hombre con una pequeña barba se aproximó para quitarle el pañal. Jacob separó las piernas del infante y las mantuvo con firmeza. El hombre tomó un cuchillo afilado que descansaba sobre una bandeja plateada: apresó el delicado capullo; haló la piel hacia abajo: surgió el bálano. Con la uña relegó el espacio, sobre el cual ajustó un separador de plata. El filo del metal retajó el prepucio. El grito del bebé conmovió a Ruth. El hombre de la barba se agachó: succionó con su boca la sangre que manaba del pequeño miembro.

Emma no pudo retener sus lágrimas.

Con unas tijeras cortó la gasa que enrolló la herida. Se levantó y pronunció una barahá. Todos los asistentes en coro respondieron: amén.

Le devolvieron a Ruth la criatura que condujo de nuevo al lecho de su madre. Lloraba en forma inconsolable. Emma enseguida introdujo uno de sus senos a la boca del niño, quien no lograba calmarse.

Ruth acompañó a la Baum a la cocina. Ofrecerían un desayuno al concluir el rezo. Ruth vio sobre la mesa de centro un elefante negro de porcelana. El apartamento era amplio. Sus ojos se detuvieron en los objetos; pero no envidiaba tanto los adornos, bandejas o muebles sino el saber que vivían solos. Emma era la ama de su casa. No la vigilaban o criticaban a cada paso.

En la cocina una señora se le acercó.

—¿Usted es la señora de Jacob? Quiero felicitarla. Está casada con un pan de Dios. Cuando llegamos con mi marido a esta ciudad no conocíamos a nadie. Sin Jacob, no sé qué hubiésemos hecho. Nos prestó dinero. Siempre le estaré agradecida.

Las señoras cortaban queso en pequeños cuadrados que pincharon con palillos. Adornaron el centro rodeándolo de galletas. En otra bandeja arreglaron unos arenques en salmuera. El pescado crudo que en Europa compraron por centavos y simbolizó la pobreza, en América se transformaba en un lujo que degustarían solo en ocasiones especiales. Las tajadas de lomo plateado los retornaría al sabor del viejo hogar. También colocaron cebollitas encurtidas y pepinos.

Cuando los hombres pasaron a la mesa, bendijeron dos panes de trenza. Representaban la doble porción de mamá que Dios deparaba, en vísperas de fiesta, a los israelitas en el desierto. Jacob fue uno de los pocos que no pasó a la mesa. Conversaba con un extraño que se distinguía de los demás asistentes por no llevar corbata o corbatín. Su camisa era blanca, abierta en el cuello. A Ruth la sorprendió. Se acercó a Jacob. El forastero la saludó.

—Mucho gusto, Moisés Gerchunoff —contestó.

Jacob continuó sin prestarle a Ruth mayor atención. Hablaban sobre la situación en Palestina.

—¿Les sirvo?

—Muy amable —respondió Moisés.

En ese momento entro Saúl. Llegaba tarde para el rezo y la ceremonia; más a tiempo para el desayuno.

—¿Cómo está mi prima?

Ruth lo saludó de un beso en la mejilla. Le gustaban la seguridad de Saúl, sus movimientos. Se dirigió a la mesa sirvió en dos platos un poco de todo. Jacob persistía en el mismo tema de conversación, pero ella le cambió el rumbo gracias a la flor que le lanzó Moisés a su prendedor:

—¿Le gusta?

—Me encanta el azul cargado de estrellas del lapislázuli. Además el nombre de la piedra tiene una sonoridad especial.

—El señor Gerchunoff recoge dineros para la compra de tierras en Israel —dijo Jacob, intentando regresar al tema original.

Es parte de lo que hago. También soy profesor de lenguas.

—¿Y qué idiomas enseña? —pregunto Ruth.

—Hebreo, yiddish, español, inglés… depende del alumno.

—Enseña hebreo; pero me imagino que solo para rezar. No será usted uno de los que cree que el hebreo se puede usar así no más ¡Es un idioma sagrado! —recalcó Jacob.

—Enseño el idioma. Para qué se utiliza no me corresponde a mí definirlo, sino al estudiante.

La señora Baum se acercó, interrumpió y le preguntó a Ruth:

—¿Cómo está el zapato?

—Me incomoda un poco… El profesor enseña hebreo —subrayó Ruth— Le presento a la señora Baum, nuestra vecina.

La señora Baum miró al profesor y dijo:

—¡Lo necesito! Tengo un hijo, Gershon que va a ser médico, pero por el momento es más importante que tenga una educación judía. ¿Le dictaría clases?

—Dice el Talmud que la educación de un niño es tan

importante que no debe ser interrumpida, ni aun para la construcción del Templo en Jerusalén. ¿Entonces, cómo decir que no? —respondió el profesor.

A Jacob le agradó la explicación e hizo un gesto de aprobación.

—Sería por la tarde, después del colegio. ¿Miércoles a las cinco?

—Miércoles a las cinco.

La señora Baum regresó para servirse un plato rebosante de comida. Le recomendó a Ruth que desayunara antes que se acabara.

—A los ricos Dios les da comida; a los pobres apetito —dijo la Baum—. Aprovecha.

Secuencia 44

En casa, Ruth descansó al quitarse los zapatos. Jacob abrió el periódico y se encerró en sus páginas. El cariño que despertaba Jacob, sus dádivas con los recién llegados, conmovieron a Ruth. En muy pocas ocasiones hacía referencia a las ayudas que prestaba, lo que hacía grato descubrirlas. Miró a Jacob sumido en su lectura. Deseó que le prestara atención. Ruth se acercó por detrás; le plantó un beso en la mejilla. Jacob se molestó. Ruth no comprendió a qué se debía. Optó por ir a la ventana: encontró a un campesino que arriba vacas en medio de la ciudad. Un gorrión se posó sobre una de las cuerdas de la luz. A los pocos segundos apareció su compañera.

Ruth añoró las expresiones de efecto entre sus padres.

A pesar del rigor Zalman Leib con su mujer era diferente: también se casaron en un arreglo matrimonial, pero sembraron un cariño que floreció entre ambos. Gracias a ello, Ruth aprendió a soñar con el amor.

Recordó la carta de Jacob a su padre y como ayudo a su familia. Se aproximó a él para rodearlo con sus brazos.

—¡Se te olvida que eres impura! Te ruego que guardes distancia.

Ruth solo anhelaba un poco de atención, pero enfrentó el rigor de las leyes religiosas: durante la menstruación, aun ocho días después, era considerada impura y sucia. El rechazo le dolió. La sequedad de Jacob y su incapacidad de expresar afecto, la golpeaba.

El apego que Ruth necesitaba y quería cultivar no lo hallaba a pesar de buscarlo con ansiedad. El rigor ritualista marchitaba sus deseos. Empezó a darse cuenta que solo los sábados, Jacob se permitía libertades. Pero estaba cansada de que toda caricia se comprendiera como preámbulo al sexo; y estuviera ligada a un día en particular. Solo pedía un poco de ternura; un mimo; un beso en la mejilla: eso y nada más. A cambio: hubiese entregado su corazón.

Secuencia 45

Gershon debía memorizar la tabla del siete que consideró difícil. La del dos y la del cinco eran fáciles; pero siete, ocho y nueve, trabajosas. Le daba pereza sentarse a memorizarlas. Bajó a la cocina. No encontró a la señora Eisenberg ni a su mamá. Habían salido a la tienda de don Luis. Al fondo quedaba la pieza de Gladys y el lavadero. Su madre le advirtió en más de una ocasión, que nada tenía que hacer en el cuarto de la muchacha; pero no resistía la tentación de buscarla.

Gladys planchaba camisas escuchando radio.

—¿Gladys usted se sabe la tabla del siete?

—No recuerdo que me enseñaran eso cuando estuve en la escuela —comentó.

"Desde el centro radial de la CMQ de La Habana, la voz de Bogotá presenta: Las aventuras del detective chino Chan Li Po".

Una música de son cubano con maracas y timbales animó la habitación.

Chan Li Po, Chan Li Po, el crimen lo descubrió.
Chan Li Po, Chan Li Po, el crimen lo descubrió.

Chan Li Po, vino de China y en La Habana se quedó.
Por una cubita linda, que en su camino encontró.
Y la boca purpurina de una niña que besó.

Chan Li Po, Chan Li Po, el crimen lo descubrió.
Chan Li Po, Chan Li Po, el crimen lo descubrió.

De pronto se escuchó en la pieza el agudo retumbar de un gong.
—¿Me puedo quedar?
—Pero después hace su tarea, niño Gershon, no sea que vaya la señora Ester a decir que por culpa mía, lo rajan en el colegio.
—Juro que estudio.
Una voz profunda comenzó a narrar:
"En el barrio Chino de La Habana, se celebra el año nuevo…"
Una ráfaga de golpes y pitos llenó el cuarto de Gladys. Gershon imaginó los colores, las luces de los juegos pirotécnicos y la cabeza de un dragón que lanzaba humo por las narices.
"…En una bodega, se detiene la celebración…"
Se escucha una puerta que se rompe. Unos hombres entran. Pelean. Caen unas cajas.
—"No, no, no…"
Grita una voz, que se ahoga, y luego se apaga.
—"Ji, ji, ji, ji…"
—Es una mujer —comentó Gershon.
—"El cadáver de Tang–Han fabricante de blusas de seda, estrangulado e inerme, yace al lado una caja llena de hojas de naranja y gusanos. Junto al occiso se halla un pedazo de seda amarilla con el cual fue cometido el terrible crimen".

"Tang–Han había arribado a Cuba hacia tan solo cinco años, y era originario de la milenaria ciudad de K'aifeng, situada sobre la ribera del río Amarillo. Un misterio rodea el asesinato. La policía acude al detective chino Chan Li Po, para que los ayude a resolver el extraño caso de los gusanos de seda…". "La princesa de Bolonia,/ se baña con jabón Colonia,/ si usted se baña con jabón Colonia,/ será tan bella como la princesa de Bolonia… un producto de Jabonería Hesperia".

Gershon miraba hipnotizado la radio y su tablero de arco lleno de números. Tocó el botón para sintonizar mejor la emisora; pero perdió la onda.

—Estese quieto —dijo Gladys— ahora no se ponga a jugar.

—"Cómo piensa Chan Li Po resolver el caso —preguntó el inspector Gutiérrez.

—"Honolable inspectol, usando el método iliático —contestó Chan Li Po—, le luego el favol de dejalme inspeccional el cuelpo de la víctima.

"Chan Li Po partió hacia la morgue. Revisó con cuidado el cadáver colocado sobre la mesa de granito. En su brazo derecho distinguió el tatuaje de la hoja de parra, que el detective chino reconoció como la marca de la secta secreta de los salvados del agua, un antiguo culto de la dinastía T'ang, quienes fueron reputados cultivadores de gusanos de seda.

—"Detective Chan Li Po hemos descubierto al criminal. Sabemos que fue la mujer de la cara pálida. Era socia de Tang–Han y al morir él, se convertiría en la reina de las blusas de seda. Es la única con un motivo claro para cometer el crimen —concluyó el inspector.

—"Honolable inspectol, ¿y dónde se encuentla la mujel de la cala pálida?

—"No sabemos todavía. Creemos que se esconde en algún lugar aquí en el barrio Chino. Por eso necesitamos su ayuda Chan Li Po. Confiamos en que gracias a sus conexiones podemos descubrir su paradero.

"Chan Li Po partió hacia el restaurante la Gran Muralla, donde su amigo Di Jen Dijien, trabaja de maestro y le servía de informante. Chan Li Po sabía que los miembros de la secta de los salvados del agua, eran herméticos; un grupo cerrado que honraba sus ancianos. Conocía los mitos, prevenciones y comentarios que se tejían alrededor de ellos.

—"¿Pato laqueado? Está exquisito, honorable Chan Li Po". El detective chino hizo un gesto de aprobación. Di Jen Dijen se acercó para dialogar con el detective.

—"Honolable amigo, ¿qué sabe soble el asesinato de Tang–Han oculido en la celeblación del año nuevo?

"Di Jen Dijen le contó al detective los rumores que circulaban en el barrio. Relató como Tang–Han había vendido un gigantesco embarque de blusas a los confines de China, pero fueron devueltos y sus productos perdían confianza en el mercado.

—"¿Quién le vendía la seda a Tang–Han pala las blusas?
—"Sia Kwang y Tong Mai.
—"¿Los honolables comelciantes de la calle del sol naciente?
—"Los mismos, honolable Chan Li Po.

"El detective chino decidió visitar a los prestigiosos comerciantes. Al entrar en la bodega de Sia Kwang y Tong Mai, no esperaba hallar al inspector Gutiérrez. Sia Kwang vendía un corte de seda y multiplicaba la cifras de la transacción en su ábaco, colocando los abalorios con los dedos pulgar y corazón".

—¡No se olvide niño Gershon que usted tiene que hacer su tarea…!
—Cuando termine.
—"Detective Chan Li Po, ¿a qué debemos tan honolable visita? —preguntaron los comerciantes.

"Quisiela un colte de seda, pelo, los veo ocupados con la visita del honolable inspectol.

—"Pasaba por aquí y entré a visitar a estos dos pilares de la comunidad china en La Habana… Espero, Chan Li Po que ya tenga noticias sobre el paradero de esa antisocial, la archicriminal mujer de la cara pálida.

—"Todavía no —contestó Chan Li Po—, pelo ya que estoy aquí, quisiela pleguntal, ¿adónde se encontlaban los honolables Sia Kwang y Tong Mai, la noche del año nuevo?".

La carcajada del inspector resonó en la pieza.

—"Esta vez está usted despistado —dijo el inspector— yo mismo estuve con ellos. Soy testigo que permanecieron aquí durante toda la celebración. Me encontraba de turno, y antes de comenzar los fuegos de artificio, pasé, al igual que hoy, a saludar a los señores Sia Kwang y Tong Mai. Me convidaron a quedarme con ellos durante los juegos pirotécnicos.

—"Siendo así, solo quisiela un colte de seda amalilla. Hay que tenel paciencia. Mucha paciencia —dijo Chan Li Po. Partió hacia su oficina en la Calle Paula. De su escritorio extrajo una lupa. Revisó con extrema atención la calidad de la misma. Levantó el teléfono.

—"Honolable inspectol, ¿Le molestalía plestalme la seda con que asesinalon a Tang–Han?

—"Claro que no —dijo el inspector—, pero le confieso Chan Li Po, que no comprendo por qué pierde su tiempo y no lo dedica a buscar a la mujer de la cara pálida... Teresa lava con jabón Promesa/ Si usted lava con jabón Promesa,/ será tan limpia como Teresa... Otro producto de Jabonería Hesperia".

—Gladys, ¿usted cree que el asesino fue la mujer de la cara pálida?

—¿Quién sabe?

La propaganda le recordó a Gladys que había dejado con el primer ojo de jabón las camisas de don Samuel. Las extendería al sereno en el patio para que los blanquearan.

"En su oficina Chan Li Po comparó con su delicado tacto las sedas..."

—Niño Greshon, alcánceme el cenicero que si cae una ceniza sobre esta camisa, después quién aguanta la cantaleta de la señora Ester.

Gershon acercó un cenicero. La contemplaba fumar y la manera en que salía de su boca un penacho de humo. Quiso probar. Cuando Gladys se agachó, recogió el cigarrillo y sopló. No le entraba el humo; solo baboseó el papel.

—Por Santa Zita bendita, que le voy a contar a su mamá —exclamó Gladys.

—No me acuse.

—Me dañó el cigarrillo.

—Solo soplé…

—¡Con razón chino bobo! No se sopla, se chupa.

Gershon abrió los ojos. Le revelaban un secreto: ya sabía como se fumaba.

"Chan Li Po sacó un mechero de la gaveta de su escritorio. Lo encendió y pasó la llama sobre la seda. Poco a poco surgió un mensaje escrito en tinta invisible…

"Chan Li Po, Chan Li Po, el crimen lo descubrió.
Chan Li Po, Chan Li Po, el crimen lo descubrió".

La radio cantaba con un ritmo que invitaba a bailar.

—¿Qué dirá el mensaje? —preguntó Gershon angustiado.

—Mañana lo sabremos.

Secuencia 46

—¡Gladys mil veces le he dicho que no lave la olla de leche con la esponja de las ollas de carne! ¡Nunca entienden, por más de que se le repita una y otra vez! —gritaba Eisenberg— ¡Por eso no progresan!... con la Baum qué van a entender. ¡A ella le importa un pepino que se confundan las cosas!

Por fortuna no se hallaba la señora Baum en la cocina: la gritería hubiese sido mayor. Gladys con sus manos amoratadas por el agua fría, resistió en forma pasiva el atropello de las palabras. La Eisenberg abandonó furiosa el lugar. A los pocos minutos la Baum bajó con Gershon.

—No olvides que hoy tienes clase de hebreo. Entras directo en la casa cuando regreses del colegio. ¡No te quiero encontrar en la calle!

La señora Baum recogió un abanico. Agitó el carbón, que tiznó el ambiente.

Cuando Ruth entró a la cocina notó tensión entre las mujeres cuyo silencio espeso, se tajaba con un cuchillo.

—Dime, ¿qué usas para el estreñimiento?

—¿Yo? —preguntó Ruth.

—Si tú. ¿A quién le voy a estar hablando, a Gladys?

—No...

—En la radio hablaban de la levadura Fleishmanns que hace milagros. Yo recomiendo la papaya. Una fruta maravillosa; barata y funciona. Voy al mercado, ¿me acompañas?

—Quisiera comprar un par de zapatos.

—Meltzer tiene buena mercancía. Cara, pero buena. Si te piden dos pesos, ofrece cincuenta centavos. Por nada en la vida vayas a pagar más de un peso.

—También me quiero lavar el pelo —dijo Ruth.

La Baum se quedó mirándola y como quien piensa en voz alta dijo:

—Quieres comprar zapatos y lavarte el pelo. ¿Y quién te va ayudar con lo del pelo? ¡Muévete! —ordenó la Baum mientras palmoteaba—. Se nos va toda la mañana. Necesito conseguir una papaya antes de que regrese Samuel, para quitarle ese mal genio.

La Baum escarbó entre las ollas en busca de un platón amplio.

—Será mejor tomar el aguamanil de mi pieza —indicó Ruth— tú conoces a Eisenberg. Todo le molesta.

—Mejor, que se muera de rabia. Con este platón nos rinde. De pronto se va el agua, que no es raro; así aprovechamos para llenarlo de una vez. No te preocupes por ella; es igual que una tetera, hierve y hace ruido. Si los ojos no encontraran las cosas, las manos no las tomarían.

Ruth se impresionó con la fuerza de Baum, quien levantaba el pesado platón cargado de agua, sin regar una gota, a pesar del bamboleo de sus pechos y caderas. Lo puso sobre la carbonera.

—En Europa —explicó la Baum— yo sola era capaz de desollar y limpiar veinte gansos. La familia era grande. Soy la menor en ocho hermanas, pero era la preferida de mi papá. Él era alto, grueso, fuerte como un caballo. ¡No te quedes ahí parada! Ve por la toalla y el jabón. Te espero en el patio, al lado de la alberca.

Ruth recogió con su dedo índice una tasa esmaltada. En el patio desabotonó su blusa y se echó el pelo hacia delante. Rodeó su cuello con la toalla. La Baum con la tasa vertiría el agua desde lo alto para que golpeara el pelo. El jabón hizo una espuma que ensortijó el cabello: las pompas llenaron el castaño de visos azules. Vació otra tasa sobre sus madejas que se arremolinaban. La enjabonó por segunda vez. La señora Baum por último torció el cabello. Ayudó a envolverlo en una toalla que Ruth anudó en forma de turbante. Secó sus manos sobre el delantal. Tomó un par de canastos.

—¡No le pagues más de un peso —gritó despidiéndose.

Ruth regresó a la cocina con los platones. En la pieza cambió el turbante por una pañoleta. Se sentó sobre la cama. Con una lima, arregló sus uñas.

Cuando retornó a la cocina, tropezó con la Eisenberg furiosa:

—¿Quién les dio permiso de tocar ese platón?

Ruth no contestó. Optó por la política del silencio que Gladys comprendió al instante. Miró de reojo mientras pelaba unas zanahorias recién lavadas. Sabían que cualquier palabra prolongaría la escena. Ruth notó desde la ventana de la cocina que en el patio se había quedado la tetera. A pesar de los previsibles regaños, fue a recogerla. La depositó sobre una pequeña mesa de la cocina. La Eisenberg batió el cucharón con fuerza. El calor en las estufas parecía aumentar con las guturales palabras del yiddish cargadas de enfado. Ruth caminó tranquila de un lado a otro como si el problema no le concerniera. Se dirigió a su pieza mientras la Eisenberg amenazaba con echarla de la casa.

"…¿Cuándo llegará el día en que logre un espacio propio?…"

Quería vivir en un apartamento pequeño, donde los objetos fueran pocos pero suyos. Todavía en América el baño presentaba el único espacio de privacidad. Debía continuar en la cocina, para acabar de prepararle el almuerzo a Jacob.

"…¿Qué hago que no quite mucho tiempo?…"

Con la lavada y secada del pelo había perdido buena parte de la mañana.

"…¿Carne frita con arroz y ensalada?… ¿Y de sopa?… ¿Unas verduras con hueso?…

La Baum regresó del mercado.

—¡Si no fuera porque tu marido Samuel me debe plata, los echaría hoy mismo! —amenazó la Eisenberg.

Sonó el timbre. Era Jacob quien regresaba temprano. Escuchó los gritos a la distancia e imaginó que era otra de las tantas discusiones que se daban en la cocina. De pronto, la Eisenberg lo llamó:

—¡Su señora es una atrevida e irrespetuosa. Si no la frena es preferible que se vayan los dos de esta casa!

Ruth escuchó la advertencia con la esperanza de que Jacob decidiera partir; buscar un lugar para los dos.

—Señora Eisenberg —dijo calmándola— No se preocupe que todo se arreglará.

—Cuando usted llegó a esta casa, aseguró que era un hombre religioso que se casaba con una mujer religiosa, que necesitaba una casa judía. ¡Palabras solo palabras! Me encuentro sola en la lucha por proteger mi casa y separar la carne de la leche. Un día la Baum aplaudía feliz, y cantaba: "eh, eh, eh, la leche se va a regar sobre la olla de la carne". Como no eran sus ollas, ni su leche, estaba feliz. Sí; estoy sola. A su mujer le importa poco lo que haga la Baum. Está de su lado, no del mío. Ahora entre las dos toman mis ollas sin permiso. ¿Quién sabe qué uso le darán? ¡Prefiero que se vayan de esta casa! Porque yo defenderé por encima de todo, la dieta religiosa.

Jacob sin averiguar qué había sucedido, se precipitó a tomar parte por la señora Eisenberg. Molesto llamó a Ruth:

—¡Ruth qué está sucediendo!

Jacob al ver que no contestaba fue directo a la pieza. Ruth lo recibió en silencio.

—¡Cómo es posible que me hagas eso! —dijo Jacob.

Ruth quiso defenderse, pero las palabras se ahogaban en su boca como si les faltara aire.

Secuencia 47

Ruth avanzaba por la segunda Calle Real. Venteaba y el polvo de la ciudad golpeó su cara.

Caminó sin levantar la cabeza, con los ojos fijos en el suelo. Por fortuna imperaba la costumbre de que los caballeros le abrían paso a las damas por el lado izquierdo, y no tropezó con nadie. Sin embargo, no logró esquivar los piropos y guiños que formaban parte de una tradición galante. No la afectaron porque no los comprendía. Sin querer, se encontró protegida de la poca imaginación y escasa elegancia de muchos de los requiebros.

Se dirigió al Pasaje Hernández sobre la primera Calle de Florián. En las propagandas se anunciaba: "Al comercio se le presenta una oportunidad de oro. Gracias al Pasaje Hernández Bogotá ya nada tiene que envidiarle a Londres".

En las arcadas del pasaje, en su segundo y tercer piso, se hallaban los sastres y modistas. Las esfinges y los techos de bronces labrado, imprimían un ambiente de lujo a sus corredores. Una marquesina amparaba a los clientes de las asperezas del tiempo. En el primer piso, el almacén de "un centavo a un peso", que se recorría en busca de misceláneas; diagonal se hallaba el de Meltzer: Calzado Perfecto.

A la entrada Ruth chocó con la caja registradora. Al fondo: asientos y muchachas con delantales cafés en espera de clientes. Una señora se medía un par de zapatos. Un hombre delgado, rubio y corbatín de lunares rojos observaba con atención. Al ver entrar a Ruth fue directo a atenderla. A pesar de saludarse en español, reconocieron que eran paisanos y la conversación se entabló en yiddish. Ruth se identificó como la señora de Jacob Cohen.

—Claro que conozco a su marido. ¿En qué la puedo ayudar? ¿Carteras? ¿Zapatos?

—Zapatos —respondió ella con una sonrisa— algo bonito y barato.

—Siempre le digo a mis clientes que aquí tengo las tres bes. Bueno, bonito y barato. Esta semana desempaqué un zapato fino; preciso para usted. ¿Qué numero calza?

—No sé.

—María, por favor mídale el pie a la señora.

Una joven se acercó.

—Treinta y seis y medio; el treinta y siete le queda grande.

Meltzer regresó del fondo del almacén con unas cajas. Destapó las de encima para enseñarle un zapato vinotinto de tacón grueso, que dejaba entrever los dedos de sus pies.

—Una belleza —exclamó.

Ruth los revisó mientras abrían otras cajas para enseñarle nuevos modelos.

—Tiene un pie pequeño —comentó Meltzer.

Ruth sonrió e intentó ser amable para hacerse a un precio favorable.

—¿Y estos de última moda?

Sabía que el color no era el apropiado; de comprarlos necesitaría una cartera.

—Prefiero no medírmelos —pensó—. Ay, son tan lindos…

Meltzer le entregó a Ruth los zapatos. Se quitó los que acababa de probar y calzó el nuevo par. No estaba de afán.

"...¿Me irá mejor entre más sonría?..."

Meltzer enseñaba los modelos y con prudencia le pedía a las señoritas que la calzaran, alejándose siempre un poco para que Ruth remplazara unos zapatos por otros. Se puso de pie. Los juzgó en el espejo, que descansaba en el piso. Esa tarde fueron pocos los clientes que visitaron el almacén; Ruth logró que buena parte de la atención se concentrara en sus caprichos. Un par de zapatos de plataforma la sedujeron. El tacón alto y grueso, con finas tiras de cueros que rodeaban sus tobillos; pero el estilo resultó demasiado moderno. Los miraba una y otra vez. Meltzer le repetía con cada paso que eran preciosos. Ruth calculó que entre más sonriera, más rebaja la daría Meltzer, quien regresó del fondo con nuevos pares. No alcanzaba a comprender por qué una mujer tan atractiva, le sonreía en forma insistente. Él también empezó a sonreír y a hacer comentarios sobre sus delicados pies.

—Estos van con sus deditos.

Al sacarlos de la caja los dobló y fue acercándose a Ruth como si él mismo la fuera a calzar. Ruth dejó de sonreír. Meltzer no le cedió el zapato. Se agachó para tomar el pie de Ruth. Lo acarició. Ruth se levantó acosada.

Se reacción fue violenta.

—¿Qué pasa?... ¡Soy una mujer decente!...

—No se ofenda.

—¡Cómo no me voy a ofender! ¿Quién cree que soy?

—Señora tranquilícese. Le gustaron los zapatos negros...
Señorita enséñeselos de nuevo.

—¿Cuánto? —preguntó Ruth con frialdad.

—Mire señora, por ser quien es, le doy un precio especial. Lléveselos por cuatro cincuenta.

Ruth molesta replicó que a lo sumo pagaría un peso.

—No se puede —dijo Meltzer.

—Uno viene aquí a ayudar a un paisano, trata de ser amable y mire con el irrespeto con que lo tratan. ¡Espere que mi marido se entere!

—¡Pero si no pasó nada!

—¡Cómo que nada! Deje que le cuente a la señora Baum y ella tampoco comprará aquí sus zapatos.

—Señora, sea razonable.

—Déjemelo por un peso y olvido todo.

—Señora quiero hacer la venta, deme tres pesos.

—¡Me va a tocar contarle a mi marido y a todos en la colonia lo que pasó aquí!

—¡Mire, ni se los quite! ¡Llévese los zapatos por uno cincuenta y no vuelva más! ¡Recíbanle a esta señora lo que quiera pagar! —gritó Meltzer furioso.

Ruth entregó las monedas que cayeron en la registradora.

Eran cerca de las seis. El cielo se encontraba despejado: tomaba un color azul plomizo.

—¡Todos los hombres son iguales! ¡Solo entienden lo que les conviene!

Secuencia 48

—¡Ese hombre tiene unos cuentos…! —subrayó la Baum mientras palmoteaba su pierna—. ¡Ruth ven! No te encierres en la pieza todavía.

Ruth no comprendió el entusiasmo de la Baum y quiso continuar, pero la insistencia la llevó a acercarse.

—Profesor, ¿le sirvo otro poco de té?

—Tú quédate aquí acompañándolo —le ordenó a Ruth—, pero que no cuente nada hasta que regrese. ¡Quiero oírlo todo! ¡Qué cuentos!

Ruth no deseaba hablar. Fue Moisés quien rompió el hielo, al observar la caja de zapatos y advertir que estrenaba los puestos.

—Bellos zapatos.

Ruth no sonrió al oír el comentario.

—¿Vino a dictarle clases a Gershon?

—Sí; ya tuvimos la primera.

Al igual que en la fiesta de los Silver, Moisés no llevaba corbata; su despeine era natural; colgaban ensortijados los cabellos.

—¿No es raro enseñar hebreo en estas tierras? —preguntó Ruth.

—No; por cierto es posible que fuera el primer idioma foráneo que se escuchó en el continente americano. Creo que el hebreo se oyó antes que el español.

Ruth lo miró con extrañeza.

—¡Espérenme que ya voy! —gritó la Baum.

Moisés continúo:

—Parece extraño, pero Colón al descubrir estas tierras pudo recibir a los indígenas con el tradicional saludo hebraico de: la paz sea contigo. El primero en pisar tierra americana debió ser don Luis de Torres, un judío marrano. Colón lo llevaba de traductor. El almirante era un hombre de negocios y conocía la importancia de saber el idioma del lugar que se conquista. Don Luis hablaba hebreo, caldeo y arameo. En aquellos días se pensaba que esos idiomas, por ser orientales, eran similares al hindi. Colón estaba seguro de que iba a la India. Y don Luis era un traductor ideal. Siempre he imaginado la cara de los aborígenes cuando Luis de Torres bajó de la Santa María y los recibió con los brazos abiertos diciéndoles: ¡Shalom Aleijem!

A Ruth no la acabó de convencer el cuento. La señora Baum regresó con tres vasos de té. Ruth los recibió. Gladys trajo un ponqué.

—Muchas gracias. Perdone señorita, ¿me da una servilleta? —dijo Moisés marcando la elle.

De la historia que Moisés contó, a Ruth le quedó la idea de que en un país extraño era importante conocer el idioma. El aprendizaje de su español era lento; solo tenía contacto con él en la plaza de mercado y en la tienda de don Luis. El mundo que la rodeaba era el yiddish. Alcanzó a reconocer que Moisés hablaba español como un nativo.

—¿Dónde aprendió a hablar el español? —preguntó Ruth.

—Nací en Argentina, en una colonia judía llamada Moisés Ville, en la provincia de Entre Ríos.

Ruth recordó a su padre.

"…¿Moisés Ville?… ¿No será otro cuento?… Sé que llevan a Argentina a las mujeres y que las engañan con falsos matrimonios…"

Ruth observó a Moisés con recelo.

—¿Moisés Ville? —preguntó la Baum

—Ahí los judíos somos gauchos.

—¿Gauchos?

—Sí; gauchos, una palabra quechua que significa, huérfanos. Y es verdad sabe, éramos huérfanos de tierra; de un hogar que nos albergara con nuestras creencias y costumbres. En las pampas manejábamos el ganado; nos trasformamos en vaqueros y a caballo recorríamos las llanuras. Los viernes en la noche, como judíos dejábamos las boleadoras a un lado. Nos cubríamos con nuestros taleds. Las mujeres cambiaban sus ropas para lucir vestidos negros de satín y perlas blancas. Conmemoraban así el sábado. Y lo recibían como a una reina.

—¡No te dije que ese hombre está lleno de cuentos!

—¿Vaqueros? —preguntó Ruth.

Seguía preocupada por las advertencias de su padre. Las mujeres que se imaginaba no coincidían con las que describía Moisés.

—Después de la muerte del zar Alejandro II —explicó—, los pogromos en Europa aumentaron. El barón Maurice Hirsch, un banquero de la comunidad judía en Londres, donó generosas sumas de dinero para la compra de tierras de colonización en Argentina. Los judíos huían de las persecuciones y fundaron colonias, escuelas, carnicerías. En fin, un mundo propio.

Ruth miraba a Moisés, quien enjuagó los labios en un sorbo de té.

—¿Y por qué vino a este país?

—Subo por el continente recogiendo dineros para otra

colonización. La compra de tierras en Palestina para la creación de un hogar nacional judío. Trabajo para el fondo del Keren Kayemet Leisrael y gano el pan de todos los días como profesor de idiomas.

—¿Ves? No solo está lleno de cuentos sino de sueños —dijo la Baum.

Moisés terminó el vaso de té. Agradeció a la Baum y estiró su mano para despedirse de Ruth. Sus venas brotaron sobre el dorso, confiriéndole una fortaleza, que por su delicadeza no era fácil adivinar. Ruth detalló las uñas arregladas y su reluciente brillo.

—El miércoles estaré aquí a la misma hora —aseguró Moisés.

Ruth continuaba perpleja.

"¿Uñas arregladas?... ¿vaqueros, judíos?... ¿Mujeres de la calle?"...

Secuencia 49

Gershon lanzaba un trompo en el patio cuando escuchó el ritmo de las maracas y los timbales del son cubano que identificaban las aventuras de Chan Li Po. Corrió hacia la pieza de Gladys que ese momento subía el dobladillo a una de sus faldas.

—¿Ya empezó?

—Todavía no —contestó sin levantar la cabeza de las puntadas que entrelazaba.

¡Gong!

"Chan Li Po observó la seda con el mensaje en tinta invisible escrito sobre ella: traición.

"El detective chino sonrió. Era la pista que necesitaba. Partió de nuevo hacia el restaurante la Gran Muralla para hablar con Di Jen Dijen".

Ti-lin-ti-lin, sonaron las campanas en la radio llenando la pieza de Gladys.

"Di Jen Dijen corrió a recibir a Chan Li Po y lo sentó en su mesa predilecta, que tenía una figura de jade verde tallada al lado.

—"El Chow Mein está exquisito.

"Chan Li Po hizo un gesto de aprobación.

"Al abrirse la puerta de la cocina se escuchó una algarabía de voces.

"A los pocos minutos regresó Di Jen Dijen con un tazón de arroz blanco, una bandeja con verduras y pastas que sirvió en la mesa. Chan Li Po detalló la comida con agrado; acercó a sus labios los palitos con el arroz. Cuando el detective chino terminó de cenar, Di Jen Dijen hizo un alto en su trabajo. Se sentó en la mesa para compartir con el detective una taza de té de jazmín. Chan Li Po abrió la galleta china y leyó la frase:

—"Las verdades que menos se quieren aprender, son aquellas más interesantes de saber.

"La música de una p'i—p'a, con sus agudas cuerdas ambientó la conversación e invocaba el viejo hogar".

—"Que tan cielto es, honolable Di Jen Dijen, que en la fiesta de año nuevo se vielon disflaces iguales, y eso va contra la tladición?"

—¡Gershon!

—¡Sí, mamá!

—¡Ven a comer algo!

—A veces me parece que la señora Ester habla igualito a Chan Li Po —dijo Gladys.

Gershon se puso de pie, pero fue incapaz de separarse de la radio. Estaba nervioso. No quería perder ni una palabra, ni un ruido. "Sonó el teléfono"

—"Honolable inspectol...

—"Sí...

"Chan Li Po concertó una cita en la bodega de Sia Kwang y Tong Mai a media noche. El inspector sabía que a Chan Li Po le gustaba resolver sus casos en forma espectacular. Estaba seguro que Chan Li Po llegaría con noticias de la mujer de la cara pálida".

—¿Gershon vas a venir o no?
—Ya voy mamá…

"En la bodega de Sia Kwang y Tong Mai, todos esperaban la llegada del detective chino a las doce de las noche. Al entrar Chan Li Po dijo:

—"Honolable inspeltol, he encontrado el paladelo de la mujel de la cala pálida, pelo también he descubierto a los climinales del caso de los gusanos de seda".

—¡Es la última vez que te llamo! ¡Vienes o voy por ti! —gritó la señora Baum.

—¡Ya voy mamá! ¡Ya voy! ¡Un minuto!

"Evite la calvicie. Ataque a tiempo la causa de la caída del cabello. Vigorice las raíces nutriendo el pericráneo con el maravilloso tónico: Tricófero de Barry, de venta en la farmacia América".

Gershon esperó nervioso la voz de Chan Li Po:

—"Pienso leconstluil pala el honolable inspectol los hechos del climen.

"El detective chino explicó que el occiso Tang-Han pertenecía a la secta secreta de los salvados del agua quienes se ufanaban de ser impecables en sus negocios de seda. Tang-Han comenzó a fabricar blusas para exportar a su ciudad de K'aifeng, lugar en donde habitaba dicha secta. Al ver que le devolvieron el cargamento, se sintió humillado. En K'aifeng se ofendieron con Tang-Han por intentar engañarlos y enviar blusas que supuestamente eran de seda, pero llevaban mezcla de rayón. En dicha ciudad es un anatema, la mezcla de las dos fibras. Por ello, Tang-Han fue expulsado de la secta. Confundido, no supo cuál había sido su crimen, hasta que descubrió que la seda que vendían Sia Kwang y Tong Mai no era pura, sino la terrible mezcla de rayón y seda. Engañaban a todo el comercio del barrio chino sin que se dieran cuenta. Tang-Han los confrontó y la honorabilidad de los dos famosos comerciantes de la calle del sol naciente, fue puesta en tela de juicio. Tang-Han amenazó con vengarse. Y para ello maquinó un nefasto plan. Importó de Miami gusanos de seda. Iba a invadir a la isla de Cuba con gusanos. Gusanos la rodearían por todas partes".

—¡Gershon no lo voy a repetir!

—¡Ya voy mamá, ya voy!...

"Tang–Han pensaba producir sedas de calidad óptima. Y así demostrar frente a todo el barrio chino que Sia Kwang y Tong Mai eran estafadores. Los dos comerciantes sabían que de prosperar el plan de Tang–Han, quedarían arruinados.

—"Y pol eso decidielon lleval a cabo el climen honolable inspectol —concluyó el detective chino.

—"Es interesante su explicación Chan Li Po —respondió el inspector—, pero olvida un pequeño detalle. Durante la noche del crimen, yo estuve con ellos".

—"Es cielto honolable inspeltol, pelo pala ustedes todos los chinos son iguales y más en la osculidad. Dice Confucio: hay que tenel paciencia, mucha paciencia.

"Chan Li Po continuó con sus explicaciones dentro del método iliático".

—"Al comenzal los fuegos de altifico pala la celeblación del año nuevo, se apagan la luces. Todos en el balio chino se disflazan. El inspectol cleyó que Sia Kwang y Tong Mai seguían en el almacén, pelo habían disflazado a unos maniquíes. Como la celeblación pide silencio, el honolable inspectol pensó que estaban ahí, callados con todo lespeto hacia tladiciones del pueblo chino. Los comelciantes de la calle del sol naciente, calculalon el tiempo pleciso que dulalían los fuegos, pala matal a Tang–Han en su bodega. Pensalon que tenían la cualtada pelfecta —concluyó Chan Li Po—. La mujel de la cala pálida, honolable inspectol, no ha salido de la plovincia de Honan. Así que puede detenel a los asesinos.

"Sia Kwang y Tong Mai ante los implacables argumentos del detective chino, sacaron una pistola y gritaron:

"Dios hizo la mujer para embellecer el mundo y la casa Verly fabrica los polvos, Sonrisa de París, para embellecer a la mujer. Usted los conseguirá en los principales almacenes de artículos de tocador. Agencia general: Almacén Eléctrico Everhot".

—¡Gershon!

—"¡No se muevan que dispalamos!

"En este instante se apagó la luz y se escuchó una delgada risita y el ruido de una cajas y rollos de seda. Una voz gritó: Yaaa, haa!

"Cuando el inspector volvió a encender el bombillo se sorprendió al encontrar a los asesinos en el piso con los brazos torcidos sobre sus espaldas. Se les había olvidado que Chan Li Po era un maestro en las artes marciales del jiujitsu".

El son cubano llenó la pieza y el coro cantó:

Chan Li Po, Chan Li Po, el crimen lo descubrió.
Chan Li Po, Chan Li Po, el crimen lo descubrió.

Gershon corrió a la cocina, mientras agitaba sus brazos como quien aplica una llave del jiujitsu.

Secuencia 50

Esta tarde regresaría Moisés. Ruth decidió que era necesario estudiar español.

"…De pronto necesitas trabajar… ¿Por qué no aprovechas la venida del profesor los días miércoles?… ¿Pero, si es un farsante… Si te enseña el idioma y cobra barato, qué importan sus cuentos?…"

Sin embargo, los cuentos la atrapaban. Intentó en varias ocasiones evitar su voz. Pero las historias eran más fuertes de lo que imaginaba y caía en la red que Moisés urdía al final de las clases.

"…¿Cuánto me cobrará?… ¿Cuánto paga la señora Baum por clases de hebreo?… Ofreceré la mitad… Es el idioma del país… Todo el mundo lo habla… Debe ser más barato…"

El tiempo trascurrió con lentitud, mientras esperó la llegada del profesor.

Moisés entró directo a clase con Gershon. Al terminar le recomendó a la señora Baum que comprara un cuaderno tipo ferrocarril, que eran más cómodos para escribir los caracteres hebraicos.

—Profesor he horneado un bizcocho que debe probar —dijo la Baum.

—Y yo necesito hablarle —agregó Ruth.

—¿Cómo decirles no, a dos amables damas? —contestó el profesor.

—De todos los idiomas que enseña, ¿cuál es el más difícil? —preguntó Ruth, pero sin darle tiempo para responder afirmó—. Quisiera aprender español. Sé que la señora Baum paga veinticinco centavos por las clases de hebreo; después de pensarlo estoy dispuesta a ofrecerle quince centavos por clase. Al fin y al cabo, es el idioma que se habla en la calle.

—¿Le gustaría aprender español?

—Profesor, me consta que el dinero que le ofrece, sale de sus ahorros del mercado —replicó la señora Baum para ayudarle a la amiga a concretar su transacción.

Le llamaron la atención los argumentos que esgrimían para la negociación.

—Lo que veo aquí es un acto de amor —contestó Moisés.

Ruth se incomodó; Moisés, para evitar equívocos preguntó:

—¿Y a usted señora Baum, no le gustaría recibir también algunas clases?

—Vivo muy ocupada. Loro viejo no aprende a hablar.

—A usted que le gustan los refranes sabe que con tiempo y paciencia hasta los osos bailan.

—Con las palabras que sé me sobra. Ella está verdecita, no hace mucho llegó. Que estudie. Yo no tengo cabeza, ni paciencia. Con las manos me hago entender.

—Las manos son importantes. A veces creo que sin ellas no seríamos capaces de hablar. Somos lo que somos, por nuestras manos. No son por azar el símbolo del arte y las religiones. Además, parecen labrar las palabras cuando se llevan al papel... Sí; las manos nos elevan y también nos envilecen. Por cierto pintamos una mano abierta como símbolo para protegernos contra el mal de ojo —reflexionó Moisés— Pero... me preguntaba usted, cuál es el idioma más difícil... sabe, los idiomas se parecen a los hombres. Todos somos difíciles y fáciles si se quiere. Aprender un idioma es, ante todo, un acto de amor. Se deben amar las palabras. Al principio son hoscas y extrañas. Cuesta trabajo identificarse con ellas. Ni la palabra flor cabe dentro de la flor, ni el agua dentro de la palabra agua. Pero a medida que se conocen y se las quiere, atrapan los significados. Las empezamos a ver bellas, nos enamoramos de cada una. Por eso, cuando se aprende un idioma es importante abrirle el corazón y dejar que nos abrace. Y los judíos, debemos guardarle un amor especial al español. Amarlo, al igual que una madre a un hijo, porque se crio en nuestras manos. Lo consentimos apenas nacía.

—¿Cómo?, preguntó Ruth.

—Sí; era un bebé, cuando los poetas judeo-españoles compusieron sus jarchas y muasajas para que cantaran los juglares y trovadores de la época. Nuestros poetas eran poco amigos del latín, la lengua litúrgica cristiana. Por ello prefirieron el romance que lactó de los pechos del árabe y hebreo como un niño ansioso. Dicen que el idioma nació bajo el compás de los temblores de los cantares de gesta. Pero, no es en la guerra sino en el amor, con canciones virginales, donde fluyen las palabras. Fue con el canto a las muchachas tostadas por el sol de Al-Andaluz como surgió el idioma, porque en ellas se hallaba el amor.

> Vayse meu corachón de mib,
> ¿ya, Rab, si se me tornarad?
> ¡Tan mal meu doler li-l-habib!
> Enfermo yed, ¿cuándo sanarad?

—No entendí nada —dijo la Baum.

—Es el idioma cuando todavía balbuceaba, mi señora Baum, iniciaba su camino con tropiezos, pero ya se percibía su dulzura. "Mi corazón se va. ¡Oh Dios!, ¿si retornará? ¡Tan fuerte es el dolor por mi amado! Enfermo está, cuándo sanará?

—El amor que enferma y cura en manos de los poetas... El castellano, ese idioma, cerrado y conventual, que hizo vibrar nuestros corazones. Sí; el alma judía está en sus primeros versos.

La jarcha conmovió a Ruth, como si fuera el anuncio de un sueño.

—¡No te dije que ese hombre tiene unos cuentos...!

Secuencia 51

—¡Fuera de aquí! Nosotros no jugamos con nenas —dijo Sapo.

Gershon lo empujó. A los pocos minutos se revolcaban en el piso; los demás niños los rodeaban. Gershon torció el brazo de Sapo y lo colocó en su espalda.

—¿Se rinde?... ¿se rinde? —dijo mientras lo subía.

—Sí, sí...

Todos estaban sorprendidos con la maniobra de Gershon.

—Es una llave de jiujitsu, como las de Chan Li Po.

—Bueno, si quieres ser de nuestra pandilla, tiene que pasar otra prueba — dijo Diego.

—¿Cuál?

—Invitar a todos los miembros de la pandilla a una película de vaqueros.

—¿A todos?

—Sí; porque en la pandilla somos como los tres mosqueteros: "Todos para uno y uno para todos"

—No tengo plata...

—Entonces no puede entrar.

Secuencia 52

"...¿Dónde consigo plata?... ¿Dónde consigo plata?..."
Sabía que todos deseaban ir al Gran Salón Olympia. Cada puesto en galería costaba doce centavos y detrás del telón, cinco.

"...Somos cuatro; conmigo cinco... Cinco por cinco, veinticinco... La tabla del cinco es fácil... ¡Veinticinco centavos!... ¿De dónde los saco?..."

Ya había vencido al Sapo: estaba a un paso de ser miembro de la pandilla. Cuando tenían problemas con los niños de cuarto y se empujaban en el recreo, la pandilla salía al rescate.

Gershon recordó la alcancía azul y blanca que trajo el profesor. Su mamá depositaba una moneda todos los viernes, para la compra de tierras en Israel. La alcancía descansaba sobre la cómoda.

Gershon se dirigió a la pieza de Gladys: se encontraba en el patio. El golpe de la ropa en el lavadero y los totumazos de agua que extraía de la alberca, acompañaban su ronca voz mientras cantaba:

"De piedra ha de ser la cama,
de piedra la cabecera.
El hombre que a mí me quieraaa,
me ha de querer de a de veras,
aaay, aaay, corazón por qué no amas".

Gershon sabía que mientras escuchara la ranchera podría actuar. Abrió con delicadeza el baúl de madera para sacar un gancho de pelo. Lo tomó e introdujo en su bolsillo. Salió de la pieza, como si nunca hubiese entrado. Esperó hasta que su mamá bajó a la cocina; se dirigió a su habitación. Con agilidad acercó un asiento a la cómoda. Se paró en la punta de sus pies, agarró la alcancía. La escondió entre su suéter y corrió al baño.

Cuando cerró la puerta sintió un alivio. Al principio intentó sacudirla para ver si caían monedas, pero el tintineo podía delatarlo. Con el gancho de pelo las alineó; con delicadeza las acomodó. Cayó la primera: un centavo. Poco. No obstante se emocionó. Recordó que su mamá casi siempre echaba monedas de a centavo.

"...¿Por qué es tan tacaña, debería dar más..."

Con paciencia las monedas caían en sus manos.

—¿Quién está ahí?

—Yo —contestó Gershon.

—¿Te demoras? —preguntó Ruth.

—Ya salgo tía —respondió Gershon.

Cuando abrió la puerta emprendió carrera hacia el cuarto, con las manos sobre su barriga cúbica. Miró por todas partes: nadie lo había visto.

Secuencia 53

Las clases con Ruth se realizaron en la sala. Antes de comenzar invitaban a la señora Baum, pero ella se disculpaba frente a sus múltiples obligaciones, advirtiéndoles que al concluir la llamaran para tomar té con ellos. La señora Eisenberg de vez en cuando se asomaba para vigilar lo que hacían. No le gustaba Moisés; a duras penas lo saludaba. En virtud de que las clases se conducían a puerta abierta, no tenía manera de recriminarlos.

Ruth pensó que con un par de reuniones manejaría el idioma. A medida que penetraba la selva de las palabras hallaban su follaje más denso y complejo. Se indignó consigo misma; se consideró imposibilitada para aprender. Quería una fórmula mágica para absorberlo todo de manera instantánea. Su impaciencia no nacía del trato que Moisés le daba, pues la corregía con delicadeza. Repetía una y otra vez el sonido apropiado del diptongo ue, que a ella se le trasformaba en el curso de las conversaciones en oi.

Nunca antes había sentido que la escucharan con tanta atención y cuidado. Cada palabra se consideraba importante. Sus comentarios los respetaba, a pesar de la dificultad y lentitud en buscar las palabras para cada ocasión. Moisés daba la sensación de sorprenderse y hasta maravillarse con sus respuestas. Hablaban de múltiples temas de la vida cotidiana. Nunca pensó que era posible hablar con un hombre de: secretos de cocina; moda; colores predilectos…

Todos fueron objeto de diálogos en la clase, y siempre se tornaban en abrebocas al tema de la literatura y el idioma.

—Los vestidos son como las palabras —le dijo en una ocasión— no basta de que sean de buena tela. Necesitan vivir a tono. Las personas que hablan llenos de arcaísmos y a quienes tanto se les admira en cafés y salones de este país, son ridículas. Terminan más por disfrazar las palabras que por usarlas. La elegancia y el buen gusto son la clave. Tampoco todo lo que está de moda debe usarse, por capricho. La moda está llena de extravagancias, pero es importante acomodarse a los tiempos y no asustarse frente a los cambios.

Ruth sintió que con Moisés lograba hablar: la valoraba. Sus frases le sonaban inteligentes; no era un objeto más en la habitación. Nunca había conversado así y descubrió que las clases le permitían ser ella. Fabricaban un espacio en donde habitaba sin miedo. El estudio del idioma se transformó en un camino de libertad. Con el español exploraba un nuevo mundo.

—¿Cómo puedo aprender más rápido? —le preguntó impaciente a Moisés.

—Lea y escriba.

—Pero, me cuesta trabajo escribir.

—A todos.

—No creo que a usted le cueste trabajo —dijo Ruth.

Moisés sonrió y confesó:

—Mucho más de lo que se imagina. Mientras se estudia una lengua, si bien, de un lado, el miedo disminuye, de otro aumenta. Por cierto, cuanto más se adelanta, se descubren más dificultades para escribir y más se vislumbra el vacío de las frases que habían parecido mejores.

—No me imagino que sea su problema.

—Es siempre el problema del escritor. Pero no es el suyo en ese instante. En su caso, solo lea y escriba. Lea a los maestros, que reviven la pasión de la escritura. Escriba con el corazón, que las palabras que salen del alma llegan al alma. Eso es lo fundamental. Debe escribir simplemente porque es un capricho y una aventura que merece emprenderse. La escritura es una llave que abre las puertas del mundo. Y cada conquista que se logra con la pluma, tendrá sentido para el que escribe. Ese día se comienza a disfrutar el escribir, o por lo menos, haber escrito. Y cuando se goza lo que se escribe es también probable que se cuente algo que merece compartirse con otros. Escriba. Olvídese, por el momento, de la gramática, no se preocupe todavía por ella… suena a pecadillo, en esta ciudad de gramáticos, dedicados a las apariencias y a la cosmética. Nunca imaginé que la gramática y los juegos de palabras se transformaran en máscaras que nublaran la visión. Pero aquí el idioma al igual que las leyes, parecen un cuerpo sagrado y sus albaceas viven preocupados más por los vicios de forma que por el espíritu de los contenidos. Y estas separaciones hacen daño.

—¿Daño? —preguntó Ruth sorprendida.

—Sí; las palabras pueden hacer mucho daño y aun asesinar. Cuando la gramática se transforma en el instrumento que separa y marca a los hombres puede llevar a tragedias. En este país, que ha vivido de guerra civil en guerra civil, la gramática sirvió de antifaz y excusa para acompañar las luchas. La ortografía distinguió a los partidos. Los liberales escribían de una forma, los conservadores de otra como si en verdad defendieran tesis diferentes. Sin embargo, las peleas por las formas, a pesar de ser absurdas, generan odios auténticos y víctimas. Por ello, si bien el respeto y perfeccionismo en la lengua atraen al escritor, su fetichismo asusta.

Ruth lo observaba mientras hablaba con pasión. No estuvo segura de si comprendía a cabalidad lo que decía, pero la entusiasmaba que la invitara a participar de su mundo y obsesiones.

La clase estaba a punto de terminar. Moisés recogió el libro sobre la mesa. Era una antología de I.L. Peretz.

—En mi pueblo también leíamos a Peretz —dijo Ruth.

—Su audiencia fue ante todo femenina. Ahora que lo pienso, en sus albores muchas literaturas, estuvieron dirigidas a mujeres. El caso del yiddish, las mujeres cultivaron la literatura más que los hombres. El hebreo era el idioma de los letrados, al igual que el latín. Si no era culto, escribía en hebreo sobre temas religiosos. La literatura no era más que trivialidades, cuentos de hadas, cuyo propósito era distraer a las mujeres. Sabes —afirmó Moisés— todavía me parece que le va mejor a la literatura, cuando continúa en la tradición de los cuentos de hadas que evocan realidades y mundos diferentes. No esos tratados dirigidos a los cultos y eruditos. La buena literatura sigue siendo un gran cuento de hadas.

Los primeros escritores yiddish tuvieron el dilema de escribir en ese idioma o en hebreo; escoger el idioma clásico o una jerga menor, cargada de refranes, con una gramática incierta. No les fue mal. La mejor literatura judía, que aún vive, se contó en esa jerga menor, que no poseía territorio claro y sobre la que a duras penas se legisló. Sus escritores sabían que el yiddish los amamantó. Y los hombres pertenecen más a su lengua, que a una patria o religión.

Secuencia 54

—Llegó un paisano suyo, don David —dijo Gonzalo— mientras le alisaba el cabello con la pulidora.

Salomón se quitó el saco. Su chaleco trincaba una barriga prominente. Por sus comentarios, en la sinagoga se había ganado el apodo: "La voz de la Víctor". Se hizo al lado de David y casi sin saludar, comenzó a decir:

—¿Imagínese a quién vi saliendo del gabinete de belleza de Víctor Huard? A ese limosnero que pide dinero para la compra de tierras en Israel. ¿No es el colmo? Un muerto de hambre, pero le alcanza para arreglarse las uñas. Para mí que ese tipo es un degenerado.

—¿Usted no cree que es el colmo que en las barberías tengan ahora a esas niñas? —Le preguntó Salomón a Gonzalo sin dejarlo responder— ¡No me vengan con cuentos! ¡Arreglarse las uñas, no es para hombres!

—En eso sí estamos de acuerdo, don Salomón —contestó Gonzalo—. Yo no sé a dónde iremos a parar si seguimos así. Dicen que esas señoritas vinieron de París, especializadas en manicuro. Pero no nos digamos mentiras: ¡Hay que ser marica para hacerse eso!

—Para mí que ese profesor es sospechoso.

—¿Cuál?

—Gerchunoff. No confió en él —dijo Salomón en yiddish— ¿Cómo sabemos que no se roba la plata que le damos? Él repartió unas alcancías y nosotros, las ovejitas corremos y metemos moneda tras moneda. Unas latas azules y blancas. ¿Qué tal el negocito que se inventó? ¿Han oído cosa igual? Le digo a mi mujer que es una estafa y ella me contesta que es patriotismo. Todos los días se inventan trucos.

—No es tan grave. No sé por qué te molesta tanto —contestó David.

—Dicen que es escritor. ¿Has visto tú qué escribe? ¿Conoces una sola palabra de las que escribe?

—¿Le has pedido que te muestre algo? —preguntó David.

—¡Qué voy a pedirle nada! Todo es pura basura —contestó Salomón

—Sabes, se me ocurre una idea. Deberías asociarte con el profesor. Ni él sabe escribir, ni tú leer. Una sociedad perfecta.

Secuencia 55

Ruth le dio la espalda a Jacob. Con la manta cubrió su oreja en busca de mayor calor. Temió no conciliar el sueño. Su respiración se pausaba y halló a Emma envuelta en tules y organdíes que creaban encajes con pespuntos acordonados y piquitos simples. El cuarto se llenó de teas. Varios señores las sostenían, pero no lograban distinguir sus caras. Ruth preguntó por qué llevaban esas teas; una de ellas respondió que cargaban el fuego de la tradición. De pronto salió de la pieza. Ruth la siguió. En el centro de una mesa divisó una olla de barro con fríjoles y arvejas. En otra esquina un ponqué de miel y leche. Buscó sus caras a través de las teas que fabricaban una máscara. En la sala, advirtió un asiento con el espaldar adornado por coronas de plata. En sus patas se enredaban unas parras, cuyas verdes hojuelas dentadas trenzaban la madera. Ruth volvió al cuarto; Emma acariciaba un rollo de la ley. Debajo de la almohada descansaba un cuchillo. Abrió el rollo como si le quitara un pañal a un bebé. El cinturón bordado de azul que fajaba el ombligo del niño, ataba ahora el rollo. Ruth se dirigió a la cuna pero no encontró al niño. Una de las mujeres la acusó de romper el pacto sagrado; levantó de nuevo la almohada para encontrar el prepucio empolvado.

—Se poda y crece, de lo contrario no hay fruto —explicó la mujer con la llama en la cara.

De la cuna salieron tres canarios que volaron en círculos concéntricos hacia la ventana. Ruth dio un paso adelante: se topó con un hombre vestido de novio. No distinguía con claridad su cara, pero notó sus manos fuertes y robustas. Los canarios daban vueltas como en un carrusel de historias amarillas que transformaban el tiempo. El hombre vestido de novio los llamó, y como si recitara un poema se posaron en su mano. Uno de los canarios llevaba una rama de ruda en el pico. La ventana estaba abierta y cuando levantaron vuelo, todos en la pieza quisieron evitar que salieran, pero navegaron por una corriente de viento que los guio. Ruth se asomó a la ventana: un bosque. Quiso ir en busca de los canarios, pero la oscuridad la asustó. El hombre vestido de novio, advirtió que podía entrar al bosque, si se protegía con las teas encendidas y fabricaba un círculo a su alrededor.

—Frente a las teas de la tradición los animales del bosque no te devorarán —dijo.

Le entregó siete.

—Ve a buscarlos.

—Ruth escuchó la música de los canarios y no pudo evitar el deseo de ir tras ellos. Siguió las instrucciones del hombre vestido de novio. Encendió las teas: empezó a componer el círculo para evitar que los animales salvajes la devoraran. A medida que cerraba el círculo se envolvía en silencio y no lograba escuchar el canto de los canarios. No supo qué hacer: si lo rompía, los animales la atacarían; si lo cerraba, desaparecía la música. Buscó desesperada al hombre vestido de novio; pero se encontraba ya fuera del círculo y sus palabras se deshacían en ecos incomprensibles.

— "…Los canarios… los animales del bosque… la tradición…"

Ruth despertó sudando. Jacob dormía tranquilo con su solideo puesto. Lo abrazó, pero él giró dándole la espalda.

Secuencia 56

En el gran salón Olympia presentaban: "Tierra de Paso" con John Wayne y Gary Cooper. Los miembros de la pandilla se encontraban frente al teatro. Gershon invitaría. Compró las boletas más baratas. Verían la película detrás del telón. Los subtítulos en español, que aparecían en la parte inferior de la pantalla, solo eran legibles a través de un espejo. Gershon pidió prestado uno a Gladys. Le aseguró, prometió y juró que lo cuidaría.

Gershon estaba contento. Había conseguido el dinero: sería miembro de la pandilla.

El Olympia era amplio. En sus tablas presentaban funciones de lucha libre, boxeo y teatro. El telón caía sobre una tarima. Gershon observó los balcones de galería en el segundo piso con sus barandas de madera.

—Dulces; melcochas; colombinas; glorias; maní... —pregonaba un vendedor con su caja colgada del cuello que iluminaba en la oscuridad con una linterna, mientras sus pasos eran anunciados por el traqueteo de las maderas del piso.

Los niños jugaban a los vaqueros en sus asientos antes que comenzara la función. Al apagarse las luces, se escuchó un grito. La película era opaca detrás del telón, el polvo del teatro se levantaba para acompañar las figuras sobre la pantalla.

—¡Va a empezar!

Los títulos surgieron en letras gigantescas.

Gershon vio a una familia de pastores que llevaba a sus ovejas a abrevar. Se escucharon unos disparos. Los animales se asustaron y corrieron desbandados. Los asaltantes, con pañuelos que cubrían la parte inferior de sus caras, disparaban al aire. Un cordero huérfano baló frente a su madre que se desangraba. El hombre delgado con sombrero negro, pantalón de tirantes y sin arma corría de un lado a otro, para evitar que los animales se atropellaran. En ese momento recibe un culatazo de uno de los bandidos. Cae herido. Su perro pastor lo mira y ladra desesperado. Las ovejas se dispersan.

—¿El herido es Gary Cooper? —preguntó Sapo.

Con la cabeza ensangrentada, el pastor observa que le matan a otro animal.

—¡Usted y su familia correrán la misma suerte si no salen de estas tierras! —apareció escrito en el espejo de Gershon.

—¡Cómo son de malos! —musitó Pino.

Los bandoleros emprendieron su fuga por la pradera,

seguros de que nadie los perseguía. Bajaron los pañuelos de sus narices y el jefe de la banda, con su fino bigote comentó satisfecho.

—Mañana venderá seguro.

El pastor herido y su perro intentaban agrupar los animales. A duras penas llegaron a su casa. Su mujer, una joven rubia, con un niño de siete años, corrió a atenderlo.

Ya vendado, sentado en el pórtico, ve llegar a un vaquero que carga una silla de montar al hombro, y en la mano izquierda, una escopeta. Luce un sombrero militar, un saco de gamuza de flecos y pañuelo en el cuello. La señora lo mira; se asusta.

—¡Ese es John Wayne! —dice Diego.

El hombre de la silla en el suelo. Se dirige al pozo. Lanza el balde madera; lo saca para hundir su cara en el agua.

Después de lavarse y beber se aproxima al herido.

—Veo que es forastero.

—Sí, pasaba por aquí, cuando mi caballo tropezó, y se rompió una pata. Tuve que matarlo… pero veo que usted también está herido. ¿Qué le pasó?

—Ayer nos visitaron unos forajidos. Mataron algunas de mis ovejas…

Al fondo de la pantalla se ve el polvo que levantaban los caballos de un grupo de hombres que se acercan a la casa. Entre ellos, se distinguen uno por su elegancia, con un chaleco brillante y fino bigote. En forma amable saludan:

—Es uno de los malos —dijo Gershon.

—¡Calla!

—Buenos días, señora Brown —surgió en los espejos.

—¡Qué lo trae aquí señor Logan!

—Me enteré del accidente y que perdió unas ovejas. En verdad lo lamento. Pero, usted sabe que en el pueblo se regó la historia de que sus ovejas dañan las aguas donde abrevan los demás animales. Este es un pueblo ganadero. Mire, soy un hombre considerado y quiero ofrecerle un precio razonable por su rancho…

El señor Brown abrazó a su mujer para decirle:

—Annie, creo que nos va tocar empacar de nuevo. Nuestro destino parase ser vivir en tierras de paso —dijo el hombre.

—¿Ese es Tom Mix? —preguntó Gershon.

—Usted si no sabe nada de cine ¿no? La película es con Gary Cooper —dijo Sapo.

De pronto apareció en la escena el forastero, Colt en mano, quien dijo:

—¡Se irán cuando ustedes quieran y no cuando lo decidan otros!

Uno de los bandidos se desenfundó su revólver, pero cayó de su mano con un disparo certero.

—Yo no lo intentaría —le dijo Johnny a los otros—. La próxima bala no irá dirigida a la mano.

—¡No me gustan los que meten las narices en lo que no les importa!... Vamos muchachos —gritó Logan mientras daba vuelta a su caballo.

Al alejarse los hombres, el pastor le dijo al forastero.

—Le estoy agradecido, pero nos va a tocar dejar estas tierras. ¿Cómo vamos a defendernos cuando usted se vaya? Somos religiosos; por principio jamás portamos armas de fuego.

—¿Y el sheriff?

—Lo mataron hace un mes. Se oponía a Logan y a su grupo. Apareció una mañana con un tiro en la espalda.

—Necesito ir al pueblo. ¿Me prestas un caballo?

A Gershon le costaba trabajo leer los subtítulos en el espejo. Buscaba el reflejo y en ocasiones, no alcanzaba a terminar la frase cuando ya pasaban a otra. El movimiento y la acción, lo acercaron a la historia más que la lectura de las palabras. Vio a John Wayne desenfundar su pistola con la mano izquierda y pensó que le gustaría ser zurdo.

—Sapo, cómprese una melcocha. Yo sé que usted tiene platica… Llamaron al vendedor de dulces. La melcocha se estiró para ser dividida entre todos. La búsqueda de las palabras sobre el espejo cedió paso al dulce que los embadurnó. Gershon levantó el espejo empegotado y se topó con escenas de amor ya no en la pantalla sino entre los espectadores. Los reflejos develaban las manos que se aliaban en la oscuridad para deleitarse con las caricias. Cada niño le enseñaba al otro la escena que hallaba. El teatro se llenó con delgadas risitas.

—Baje ese espejo, que nos van a pillar —le dijo Diego a Gershon—. Así no puede ser miembro de la pandilla.

Gershon no supo que responder.

—¿Entonces no tengo que darle más melcocha? —preguntó Sapo

—No. Ya no es de la pandilla.

Gershon quedó atónito. No lograba creer lo que oía.

—¿Por qué no?

—Porque no.

Era una traición.

—Los invité a cine —dijo con voz quebrada.

—No importa.

—Pero... prometieron.

—Está llorando —dijo Diego—. Es una verdadera nena.

—¡Nena! ¡Nena! ¡Nena!

Todos le dieron un coscorrón, lo que acabó de precipitar las lágrimas. No quería llorar; pero no sabía cómo detenerlas.

Gershon salió a toda carrera por el pasillo.

—¡Odio a la pandilla!

Dejó el teatro y tomó rumbo a casa. Todavía las lágrimas bajaban con fuerza por sus mejillas.

—¿Por qué? ¿Por qué me traicionaron? ¡No hice nada malo!

—¡Odio a Diego!

Sabía que era el miembro de la pandilla que más admiraba...

Secuencia 57

Al concluir la clase de Moisés le avisó a Ruth que la próxima semana se ausentaría de la ciudad. Iba a Medellín a recolectar los dineros de las alcancías. Haría una parada en Manizales donde existía una comunidad y un Centro Israelita.

—¿Sabes?, se dice que los antioqueños son judíos —comentó como quien pica un tema para iniciar su visita.

La señora Baum alcanzó a escuchar la frase y gritó desde el corredor.

—¡Aguarda! ¡Aguarda! ¡Ya voy para allá! ¿Quieren un vaso de té?

Después de servir la merienda, la señora Baum limpió sus manos en el delantal y se acomodó para escuchar la historia.

—Existe un mito que sostiene que los antioqueños son de origen judío. Por un lado llama la atención que su plato predilecto sean los fríjoles. Los judíos siempre comemos fríjoles los sábados en la tradicional adafina. Por algo los españoles llamaron a dicho grano, judías. También sorprende el nombre de muchos pueblos bíblicos en la región y el río Nare, que significa en hebreo río. En otras palabras sería el río-río. También existe la leyenda de Antonio de Montesino o Aarón Levi quien recorrió a Europa en el siglo diecisiete sosteniendo que había encontrado la diez tribus perdidas de Israel en estas tierras. Montesinos alegó haberlos hallado en la región del Cauca, y el viejo Cauca en la época de la Colonia, llegaba a Antioquia. Lo que me intriga es la cantidad de teorías que se tejen alrededor de este origen.

Hay quienes sostienen que el nombre Antioquia viene de Antíoco, el famoso rey de Siria, que intentó helenizar a los judíos y acabar con nuestra religión, lo que provocó la rebelión de los Macabeos. Antíoco Epífanes, fue un rey odiado por el mundo judío. A ningún grupo judío en el mundo se le ocurriría celebrar u honrar una provincia con su nombre. Llamaron a Medellín la capital de la región de Antioquia. Y el pueblo del cual surge la rebelión de los Macabeos, se llama Mediín en hebreo. La coincidencia sorprende. Si te estás escondiendo, es una forma de gritar, que no se es judío, siéndolo. Por un lado, decían que no eran judíos y, por el otro, honraban el pueblo donde surge la rebelión judía, que defendió al judaísmo contra los enemigos que deseaban exterminaros.

En cierta forma se aplica la misma lógica si pensamos en la afición de los antioqueños por el cerdo, que también tiene un lado sospechoso. Les encanta el cerdo. Antioquia es la región del país que más consume esa carne.

—Pero los judíos no comemos cerdo —objetó la Baum.

—Por lo mismo. Cuando se quiere enfatizar la importancia de una obligación se exagera su castigo por desobediencia. Es posible, que el gusto de los antioqueños por el cerdo, responda a dicho principio. El antónimo de una prohibición, es querer mucho. Los sinónimos y antónimos están relacionados, son dos caras de una misma moneda. Por eso me intriga el excesivo gusto de los antioqueños por la carne de cerdo. ¿No sería que comer carne de cerdo era otra forma de decir que no eran judíos, siéndolo? Cuando se vive escondido como criptojudío la contradicción es enorme. Por un lado, persiste el miedo a ser devorado por la cultura ajena, despedazado por ella. Y por el otro, dadas las circunstancias, es necesario confundirse con los demás. En últimas, subsisten islotes de identidad, que sobresalen y se afianzan.

Ahora que me escucho mientras pienso en voz alta, recuerdo a Maimónides, gran filósofo, que vivió como criptojudío en España. Este médico de los perplejos, le explicó al pueblo que era preferible esconderse, mimetizarse, a dejar que los mataran como corderos. Cuando le tocó la hora, lloró su salida de España. Quería ser ante todo español. Siempre firmó, Rabí Moisés ben Maimón, hijo del juez de Córdoba. Nunca olvidó los jardines de Al-Andaluz con sus siemprevivas y azahares. Como hijo de inmigrantes, solo quería cantarle a la tierra en que nació. Deseaba ser cordobés. La vida del inmigrante está cargada de fuerzas emocionales, que son más poderosas, cuanto menos se las puede expresar en palabras. Y la identidad es una de ellas. Es curioso ver el amor del mundo judío por la tierra que los alberga. Buscan en ellas una identidad, un pertenencia; siempre desean integrarse al país, pero conservando su judaísmo. Quieren ser españoles, argentinos, norteamericanos, pero judíos. Mire que adoptamos casi en forma inmediata las comidas del nuevo país en que vivimos. Se transforman en nuestra comida cotidiana. La comida judía cargada de rituales se deja para las fiestas o días especiales. A fin de reafirmar nuestra identidad transformamos la Biblia en la tierra prometida. De sus páginas, jamás nos podrían expulsar.

Pero, todavía no creo que los judíos sean antioqueños. Son morenitos —dijo la Baum.

—No olvide que no todos los judíos tienen la tez blanca. Más aún los judíos caucásicos como nosotros, somos conversos recientes y quizás provenimos del Reino de Jazaría.

—¿Reino de Jazaría?

A la señora Baum no la entusiasmó oír que era conversa reciente.

—Sí, hubo un reino judío y reyes judíos en el siglo décimo del calendario cristiano. Los cristianos querían hacer ver la dispersión del pueblo judío por el mundo y la carencia de un reino temporal, como signo de maldición divina. Al llegar a España la noticia de la existencia de Jazaría, Hasdai Ibn Saprut, el exilarca, jefe de las comunidades, se llenó de regocijo. La noticia se transformó en argumento de réplica contra cristianos y musulmanes. Así que existe la teoría, mi querida señora Baum, de que nosotros, los judíos de tez blanca, somos descendientes del Reino de Jazaría que también acabó dispersándose por Europa.

—¿Quieren saber cómo llegaron adónde los Jazar?

La señora Baum no estaba interesada. Para ella su padre había sido un santo y pensar que su judaísmo no era antiguo, que no provenía en línea directa de los patriarcas, la ofendía. No deseaba escuchar la historia y empezó a levantar la loza.

Ruth miró las manos de Moisés. Eran fuertes y finas.

—A mí me gustaría escucharlo —contestó Ruth.

—Entre Hasdai Ibn Saprut y el rey Yosef —continuó en su explicación el profesor—, se cruzaron cartas, como jefes de Estado. Al principio se decía que el Reino de Jazaría quedaba al otro lado del río Sambatión, el río mítico del mundo judío. Se suponía que dicho río lanzaba piedras seis días a la semana, imposibilitando su cruce. Solo dejaba de hacerlo los sábados. Pero de acuerdo con la religión los judíos no pueden remar, ni navegar los días sábados. Por lo tanto, el río era un laberinto cuyas paredes las constituían las leyes divinas y así era imposible de cruzar. La leyenda sostenía que en el valle del Sambatión habitaban las diez tribus perdidas de Israel. Y Hasdai al principio imaginó que ahí debía quedar Jazaría. Al enterarse de su existencia despachó un contingente por el camino de Bizancio. Envió regalos tanto al rey Yosef, como al califa de Constantinopla. Fue el califa, quien se trasformó en su río Sambatión. No le permitió a los correos seguir su camino. Pero el exilarca insistió. Mandó otra embajada al rey de los Gábalos, es decir, los germanos. Y de acuerdo con las crónicas, esta llegó a su destino. Al Reino de Jazaría lo bañaba un río; pero no era el Sambatión sino el Volga. Algunos sostienen que en su esplendor Jazaría se extendió a Kiev. Por las cartas sabemos que el rey Yosef sostenía provenir de los torgarmeos, descendientes de Jafet, a través de la línea de Gómer. Las cartas de Hasdai al rey Yosef comenzaban con un largo poema escrito por Menahem Ben Saruq.

—¿Un poema?

—Los poetas eran los publicistas de la época. Les correspondía presentar a las personas, fabricar y sostener falsos prestigios. Hasdai, como todo hombre poderoso, tuvo su poeta y gramático de cabecera. Eran los días en que se pagaba por fabricar versos. Las rimas seducían audiencias.

Moisés miró su reloj.

—Es tarde; debo irme.

—¿Estará en Bogotá para la pascua? —preguntó Ruth.

—Espero que sí
—Nos gustaría invitarlo a la cena pascual.

Secuencia 58

Jacob retornó con su maleta a casa. A duras penas saludó a Ruth al entrar. Se dirigió al aguamanil, levantó la jarra; dejó caer en forma alternada el agua sobre sus manos. Mientras se secaba pronunció una bendición. Pasó a la mesa. Con sus manos picó el pan y lo untó de sal.

—Sabes —comentó con orgullo—, he alcanzado en los ahorros cien veces el múltiplo de vida.

Ruth calculó la cifra simbólica a la que se refería Jacob: las letras en hebreo representan números y la palabra vida suma dieciocho. Había alcanzado mil ochocientos pesos.

—Por qué no piensas en poner una librería similar a la de Szczuczyn.

Por un lado a Jacob le gustó la idea; pero le incomodó que fuera Ruth quien lo propusiera: golpeaba su orgullo; invadía sus terrenos.

—¡Se ve que no sabes nada de negocios! —respondió, mientras tomaba otro pedazo de pan—. ¡Una librería aquí, en una ciudad en donde a duras penas conseguimos asistentes para la sinagoga!

A Ruth le desagradó el tono, pero intentó no prestar mayor atención al comentario. Mientras arreglaba los cubiertos en la mesa, insistió.

—No tiene porque ser una librería solo religiosa. Se mezcla un poco de todo: libros en yiddish; español; hasta discos.

—¿Discos? ¡Ja! De hacer una librería tendría que ser exclusivamente religiosa. ¡Solo a ti se te ocurriría una idea como esa! Hay quienes descuidan la tradición cuando llegan a América. ¡No soy de esos! Prefiero no hablar más sobre el tema. Yo me preocupo de traer dinero a la casa. Tú de tu cocina.

Secuencia 59

Gershon se dirigió a la pieza de Gladys. Se acercaba la hora de Chan Li Po. ¿Cuál será la aventura de hoy? —se preguntó.

Vio la puerta del baño cerrada. Pensó llamar a Gladys, pero oyó el golpe del agua de la ducha contra los baldosines. La radio estaba apagada. Pensó encenderla: no se atrevió. El sonido de la ducha lo intrigaba. Se acercó a la puerta, escuchó con mayor fuerza la caída del agua. Se agachó y fisgoneó por la cerradura: ante sus ojos surgió la figura de Gladys. Levantaba sus brazos para recibir mejor el agua caliente. Sus pechos emergían son fuerza. Bajó su mirada; encontró: una frondosidad acariciada por la trasparencia del agua. Se asustó. Y se retiró antes que lo atraparan.

Entró a la cocina; su madre no estaba.

"¿Vuelvo a mirar?..."

En forma lenta se aproximó; le temblaban las piernas, pero necesitaba volver a mirar. Temió que la señora Eisenberg llegara en cualquier momento. No resistió la tentación, a pesar de que lo pillaran. Revisó a todos los lados y en forma pausada haciéndose el tonto; regresó a la pieza. Se agachó y colocó sus ojos en la cerradura. No veía nada. Miró a derecha e izquierda, pero Gladys se había movido. Asomó un brazo y su axila peluda surgió de la toalla.

Gershon sintió que su corazón latía con fuerza.

"...¡Córrase a la derecha! —rogó— ..."

Gershon oyó un ruido: abandonó la pieza; no era nadie. Iba a regresar cuando Gladys salía de la ducha y cerraba la puerta. Se acercó de nuevo y miró por la cerradura. Se encontró con el estúpido armario. La señora Eisenberg apareció en el corredor. Asustado resolvió agacharse para simular que anudaba un cordón de su zapato.

"...No se dio cuenta..."

Ansioso de espiar por la cerradura, se acercó, tocó a la

puerta y preguntó:

—¿Gladys oímos Chan Li Po?

—Mañana, niño Gershon.

Gershon recordó el cuadro de Gladys y su desnudez. Pero al aparecer Ruth, regresó a la pieza para hacer la tarea que le había dejado el profesor. Su madre bajó la alcancía azul y blanca. La sacudió. Gershon optó por no entrar en la pieza.

—¡Gershon!

—Sí, mamá.

—Ven acá un minuto.

"…¡Se dio cuenta carajo!… ¡Qué hago!..."

—¡Gershon!

—Sí…

—¿Hiciste las tareas?

—Todavía no.

—¿Qué te pasa?

—Nada, mamá.

—Nada… estoy nervioso…

—¿Nervioso? ¿Quién te crees para estar nervioso? ¿Acaso tienes una mujer para sostener? ¡Siéntate y haz las tareas!

"…!Qué suerte¡… Mamá no conoce el método iliático de Chan Li Po…"

Comenzó a tararear mientras hacia la plana:

"Chan Li Po el crimen lo descubrió, Chan Li Po el crimen lo descubrió…"

Secuencia 60

15 Kislev 5697

Mi querida hija:
Escribo con la confianza en que esta carta te encuentre con salud y que el Señor, bendito sea a su nombre, cuide de ti y de tu marido, Jacob. Algún día espero conocerlo y que tengamos la oportunidad de estar juntos, en momentos de alegría. Amén.

Paso a contarte hija que hace semanas no recibo carta tuya. No sé qué pensar. No son pocos mis dolores y penas. Sufro del estómago, que el Todopoderoso se compadezca de nosotros. A duras penas me logro sentar en estos días. Si esta carta se abrevia no es por falta de qué contarte sino por los dolores de las hemorroides que no me permiten mantenerme sentada. Cuando escribo estas líneas, me da miedo llenarlas de lágrimas. La situación es cada día más difícil. Ya sé que me quejo mucho. No quisiera hacerlo, pero así es.

Si hace años me hubieran contado que una hija se me iba lejos, al fin del mundo, y que tal vez no la volvería a ver, y que estaría contenta, hubiese gritado que estaban locos. Mírame ahora. Me alegro por ti. Más aún, te pido que te lleves a otro de mis hijos, a tu hermano Yoshua a América. ¡Qué extraña es la vida!

Tus cartas son un rayo del sol. Cuando llegan, las vecinas quieren saber cómo estás y aprovechan para venir a tomar un vaso de té. Las leo en voz alta, los sábados para que tu padre también escuche. Sé que está atento, aun cuando siempre se levanta y dice que de Sud América nada bueno puede salir. Refunfuña y refunfuña que si el esposo no fue escogido por el papá, como manda la tradición, no es un verdadero esposo. Pero, yo pregunto, ¿qué es un buen esposo? Un esposo es un esposo.

Sé que le gusta oír tus palabras. Se siente orgulloso de tu Jacob. Habla de él en la sinagoga. Les dice a todos, a Leiser Hersh en especial, que tu Jacob es un rico suramericano. Y no tiene que deberle favores a nadie. Además, Leiser Hersh vende pescado rancio. ¿Quién lo necesita?

Regalo las estampillas de tus cartas al hijo de Malka quien las colecciona y así logro que de vez en cuando, me haga algún mandado.

Querida hija, sé que tu marido trabaja duro, pero gana. Sabes que nunca pido nada para mí, pero te ruego que veles por tu hermano Yoshua. Si él va a América, quizás también algún día nosotros viajemos a esas lejanas tierras. Tu padre dice que nunca iría a sitios en donde la tradición desaparece. Si se da el caso, ya veré como lo llevo. Por ahora todos son sueños. Me haces falta. Guardo la fotografía que me mandaste y la miro todos los días. Recuerdo tus crespos, y como los peinaba. ¿Quién sabe cuánto tiempo viviré para seguir escribiendo? Nos veremos pronto o nos escribiremos mucho. Que el señor te guarde.

Tu mamá.

Secuencia 61

Ruth le enseñó la carta a Jacob. No supo qué responderle. Si bien había ahorrado un dinero, no imaginó gastarlo en el depósito, los impuestos y pasajes para la traída de su cuñado. A pesar de ello, sintió que era un deber apoyar a la familia de su mujer. Se ofreció a hacerlo, pero también comentó:

—En la sinagoga me he dado cuenta que faltan libros de rezo, masoras y pugilares. Tampoco hay solideos o taleds, ni tahalíes para los dinteles de las puertas. Todos los días llega más gente a la ciudad. Después de darle vueltas, pensaba invertir el dinero en una librería... Pero no importa, lo haremos luego. Primero, traigamos a tu hermano.

A Ruth le gustó que Jacob pensara en acometer su propia empresa. Veía a Saúl y a otras personas de la comunidad que progresaban al independizarse. No la convencía la idea que fuera una librería de objetos religiosos. Sabía que Jacob era incapaz de separar el mundo de los libros, de su mundo religioso. A pesar de las dudas consideró importante que se lanzara a la aventura.

—No, prefiero que inviertas las plata en una librería —afirmó Ruth—. Necesitamos traer a mi hermano y es mejor que yo trabaje, para que logremos todo.

A Jacob no le gustó la idea de que su mujer trabajara. El mundo pertenecía a los hombres, la casa a la mujer. Se quedó callado. Si deseaba tener hacer una librería religiosa, una obra de bien, que lo acercara a Dios, no veía otra alternativa.

—¿Quizás puedas trabajar conmigo en la librería?

—Algún día, pero no ahora. Es preferible que trabaje para otro. Al comienzo no creo que un negocio nuevo dé para todo… ¿Estás seguro que debes vender solo objetos religiosos?

—La Biblia es el mejor producto, sus páginas no envejecen. Sería la primera y única librería religiosa judía en la ciudad. No hay competencia. ¿Qué más garantías necesitamos?… Hasta pensé un nombre. La Librería Israelita. ¿Te gusta?

—No está mal —contestó Ruth al notarlo tan emocionado.

—Por cierto tengo un sueño —anotó Jacob con una sonrisa casi infantil— imagino a grandes viajeros, embajadores viniendo a visitar la librería que también será un centro de discusiones, de tertulias talmúdicas. Regresarán para escribir sus crónicas de viajes y se referirán a Bogotá como la Jerusalén Suramericana.

Ruth no alcanzó a compartir el sueño, pero sabía por Moisés que hasta los hechos más inverosímiles eran posibles. ¿Por qué no una nueva Jerusalén?

—¿De dónde piensas traer los libros? —preguntó Ruth.

—De Argentina. Hay editoriales judías en hebreo y español.

Ruth pensó en Moisés. Era miércoles y la segunda semana en que no le dictaba clase. Le hacía falta; sintió deseos de hablar con él para consultarle qué pensaba.

—El profesor Gerschunoff, nos puede ayudar.

—¡El profesor Gerschunoff! Últimamente solo oigo hablar en esta casa del tal Gerschunoff. ¡El profesor para arriba, el profesor para abajo! Hasta a la Baum y al niño los he oído hablar de Gerschunoff ¡No sé qué les pasa! ¡Fue un error dejarlo entrar a esta casa! No deberíamos donar ni un centavo más en esas alcancías. Son una estafa. ¿Quién sabe adónde va a parar ese dinero? Si los grandes rabinos se oponen a la creación de un Estado judío, por algo será. La señora Eisenberg es la única que parece entender que ese tipo es un degenerado.

—¿Un degenerado?

—En la barbería hay mil y un cuentos sobre él. Prefiero callar.

—Tú ni lo conoces. Es un hombre decente, ¿de qué hablas? —respondió Ruth molesta—. Por cierto, lo invité a que nos acompañara en la primera cena pascual.

—¿Qué?

—Sí; yo de ti aprovecharía que sabe de libros. De pronto te da un buen consejo con las editoriales argentinas.

—¡Pues, lo desinvitarás! ¡El hombre de las casa soy yo! ¡Y nadie viene a mi mesa sin permiso, menos un degenerado!

Ruth clavó sus ojos en Jacob con rabia.

—¡Es mi profesor. Quiero invitarlo!

Era la primera vez que Ruth alzaba su voz, hecho que llevó a Jacob a palmotear la mesa.

—¡Mujer, ya dije lo que vas hacer!

Ruth intentó contestar con firmeza, pero se asustó frente a la agresividad de Jacob. Sus ojos se llenaron de lágrimas y no supo cómo actuar. El miedo se reflejaba en su cara.

Jacob se desconcertó.

—…Si es tan importante, invítalo…

Secuencia 62

Ruth visitó a Saúl, quien había abierto una oficina sobre la Avenida de la República. Era temprano. Caminó por la zona bancaria con sus edificios de piedra, sus entablamientos, columnas y pedestales que contrastaban con el sabor del pueblo que guardaban otras calles de la ciudad.

Un chofer se detuvo en la mitad de la calle; paró el tránsito para entablar conversación con un compañero de lado a lado. Otro carro pitaba para llamar la atención de una joven que cruzaba. El chófer de un camión, mientras esperaba que terminaran de cargarlo, por diversión repicaba el claxon en un juego de ruidos intermitentes. Todos satisfacían sus impulsos sin preocuparse por el otro.

Eran las tres: Ruth apretó el paso. El velo del sombrero le cubría media cara. Revisó el directorio del edificio. Buscó el nombre de Saúl, pero al no hallarlo tomó el ascensor y le preguntó al ascensorista.

—Tercer piso —contestó.

Los hombres saludaron en forma cortés al verla entrar. El ascensorista operó el aparato con una palanca que movió hacia la derecha. Nadie habló. Un golpe seco marcó la llegada. Timbró en la oficina que llevaba sobre el vidrio esmerilado de la puerta unas letras doradas que decían: Importaciones América.

La atendió una señorita morena, de pelo corto.

—¿Don Saúl Fishman. Por favor?

—No está en el momento. Bajó un segundo, pero si gusta lo puede esperar. No demora.

Ruth se acomodó en una pequeña sala de espera, frente a la secretaria. Una puerta cerrada también con letras doradas anunciaba: Saúl Fishman, gerente general.

—A Ruth la impresionó el título y el lugar. Su primo había llegado al mismo tiempo que Jacob. Ya tenía oficina propia.

Saúl entró de afán.

—¿En qué andan los trámites de las licencias? Comuníqueme con David y don Hernando.

Al ver a Ruth la saludó de beso y la convidó a seguir a su oficina. Era amplia: sobre su escritorio de madera gruesa rojiza descansaban un par de plumas fuentes con un secador de papel verde en forma de media luna. En la pared colgaba un calendario con paisajes suizos. Ruth levantó el velo que cubría sus ojos. Fue directo al grano. Abrió la cartera para sacar la carta de su madre. Se la entregó.

Saúl caminó alrededor del escritorio para sentarse en una de sus puntas, y leerla.

—Necesito que me ayudes a conseguir trabajo. Debo traer a Yoshua —dijo Ruth.

—Conozco un amigo que necesita una mano. Deja ver qué puedo hacer... Dudo que pague un gran sueldo.

—No importa. Algo es algo.

Ruth se despidió.

—¡Don Saúl, la llamada a don David! —avisó la secretaria.

—¿Nú? ¿Hiciste el contrato?... ¿De qué tamaño son los osos?

Secuencia 63

Fue un lunes especial. La Baum, la Eisenberg y Ruth, colocaron sobre las brasas unos ladrillos, que calentaron hasta que crujió el barro. Gladys contemplaba extrañada. ¿Calentar ladrillos? ¿Se habrían enloquecido?

No lograba digerir las costumbres de la casa. Las dietas religiosas dominaban la rutina, pero eran incomprensibles. No entendía a qué respondía la imposición de separar la carne de la leche o por qué mezclarlos fuera pecado. Trató de indagar, pero sus preguntas no hallaban respuesta.

Por un lado, comprendía que las gallinas se catalogaran como carne dentro de la dieta religiosa. Pero no dilucidaba qué los llevaba a sostener que los huevos, provenientes de las gallinas, no lo fueran. Y por lo tanto era permitido cocinarlos en platos de carne o de leche, según la ocasión. Sin embargo, si mezclaba carne de gallina con leche, el regaño era seguro. Tampoco acababa de entender por qué el pescado, siendo animal, no era carne. Y por consiguiente también podía cocinarlo con platos de leche. ¿Quién descifraba sus extrañas costumbres? ¿Quién los adivinaba?

Celebraban la Pascua, fecha que invitaba a cambios. Nunca las vio tan dedicadas a limpiar la casa. Barrían toda esquina. Mudaron los tendidos de las camas, con el fin de eliminar cualquier traza de levadura. Recogieron la loza y ollas para arrumarlas en platones. Con trapos sacaron los ladrillos de las brasas que fueron colocados en los platones del patio para verter luego sobre ellos agua hirviendo. Gladys observó el extraño espectáculo en silencio. Terminó de sorprenderla el comentario de la Eisenberg: planeaba comprar el próximo año dos vajillas para la semana de Pascua.

"...¿Dos vajillas, una de carne y otra de leche, para solo usarlas durante una semana?... ¡Qué despilfarro!..."

La ciudad se alistaba para la Crucifixión de Cristo; y ellos para el Éxodo de Egipto. Gladys se sentía entre ambas fiestas. El Domingo de Ramos, regresó con una cruz tejida de palma que fijó en la cabecera de la cama. La cuaresma con sus ayunos y vigilias eran pálidas restricciones frente a las prohibiciones de las comidas pascuales. Durante una semana no entraría pan en la casa como tampoco ningún producto con levadura. También estaba prohibido el arroz. Solo comerían papa y una extraña galleta que don Samuel cocía en la panadería con harina y agua. Ellos la llamaban matza. El nombre lo creyó justo: era una masa seca, y entre masa y matza no veía gran diferencia. Le pareció una arepa desabrida. Con las migas hornearían tortas de manzana y otras reposterías.

Gladys comparaba esta casa con otras en que había trabajado. No alcanzaba a comprender cómo sucedía todo en el país del Sagrado Corazón.

Jacob apareció y puso en las esquinas de una mesa unos trozos de pan; con plumas de gallina las barrió para que cayeran en un pedazo de tela, que luego amarró. Todos lo rodeaban como si acabara de efectuar una operación importante. Pronunció una oración y salió con una vela a la calle a quemar el pan envuelto. Gershon intentó explicarle a Gladys que se quemaban los últimos pedazos de levadura de la casa.

Estaba feliz. Sabía que durante la primavera cena pascual, si rotaban el pan ácimo que escondía su padre entre las almohadas, podría pedir un regalo. Gladys se confundía mientras más explicaciones le daban.

En Semana Santa —pensó— no comemos carne, pero tampoco exageramos tanto. Agradeció ser católica. Los días se tornaban grises y recordó el dicho: en abril aguas mil. La lluvia dañaría las procesiones. Le encantaba visitar monumentos los Jueves y Viernes Santos. Ver a la Virgen diademada con su cabello suelto y perlas que representaban sus lágrimas; el corazón atravesado por siete puñales, así como el manto negro de la señora que caía sobre las andas que se extendían salpicadas por florecillas. La impresionaba la Cruz y el Cristo ya muerto en una preciosa urna de carey entre un lecho que dejaba ver solo su cabeza. Sentía una extraña devoción por sus cabellos pegados y el sudor en sus sienes. Cargarían los pasos al ritmo de la música de una banda. La asustaban los nazarenos con sus cucuruchos y cilicios mortificando la carne en penitencia. El temor, reafirmaba las creencias.

En los sermones oiría que los judíos mataron a Cristo.

"…¿Serían los mismos?…"

Secuencia 64

Ruth salió a comprar las hierbas amargas para la cena. No dejaba de pensar en Moisés. Se acercó al baúl en donde descansaba la alcancía azul y blanca; depositó una moneda.

"…¿Dónde estará?…"

Se asustó al darse cuenta de que lo imaginaba en la mesa con sus historias fantásticas. Su piel se erizó al recordar su pareja sonrisa.

"…Vive despeinado… No debes pensar en él. Te enamorabas de los artistas del teatro yiddish cuando pasaban por el pueblo… ¿Era eso pecado?…Nadie lo supo… ¿Quién entra en la cabeza de uno?…"

Ruth se acercó a una de las señoras de la plaza y dijo:

—Un racimo de perejil, rábano rojo y lechuga.

Recordó las cartas que leían en Zelochow sobre América y los sueños que construían a partir de ellas.

"…¡Eres una mujer decente!… viniste a América por tu propia voluntad… el imbécil de Meltzer… ¡Qué atrevido!…"

—¿Cuánto? —le preguntó la señora Carlina.

Pagó sin regatear.

—Por fin le sacó a una polaca la plata sin tanta discutidera.

Ruth se sonrojó como si leyeran sus pensamientos. Regresó a casa.

Entre todas prepararán la cena. Al atardecer encendió velas en los candelabros que trajo de Europa. La señora Baum se recogió el pelo y lo cubrió con una pañoleta. Ruth hizo lo mismo. Armaron una mesa común en la sala, para que las tres familias compartieran la cena pascual. En el centro de la mesa: una bandeja. En ella arreglaron los alimentos que narrarían la historia del Éxodo de Egipto: el hueso de cordero; rábano; perejil; hojas de lechuga; huevo duro y una pasta de manzana, vino y nueces que simbolizaban el adobe con que se construyeron las pirámides cuando fueron esclavos del faraón.

Ruth en el baño se contempló en el espejo y optó por maquillarse un poco. Se pintaría los ojos para resaltarlos.

"…¿Se dará cuenta?… ¿Qué me pongo?… La falda negra… No… No tiene gracia… La azul con la blusa gris… Muy simple… la blusa de cuello de tul bordado… Tal vez me queda mejor…"

Al terminar regresó a la cocina. Todo estaba listo. Gershon repasaba con su madre las cuatro preguntas que le correspondería hacer en el transcurso de la cena. Buscaba memorizarlas: sabía que si las repetía sin equivocarse lo premiarían.

Moisés fue el primero en llegar. Entre la Baum y Ruth lo recibieron, e invitaron a seguir.

—Pensé que nos había olvidado —dijo Ruth en tono de reclamo—. ¡Tres semanas por fuera! Casi olvido todo lo que me enseñó.

—Debía visitar las familias, hablar un poco con ellas y desocupar las alcancías. Por cierto, la próxima semana vendré a recolectar las de esta casa.

Gershon escuchó la palabra alcancía y se puso nervioso.

Entraron Jacob y Samuel que venían de la sinagoga: todavía comentaban los rumores que se escuchaban entre las oraciones.

Ruth recordó la costumbre de su padre al regresar de la sinagoga la primera noche de Pascua: besaba a su mujer y a cada una de sus hijas. Al entrar Jacob, Ruth se aproximó a él, en busca de un gesto cariñoso; pero solo escuchó:

—Está sucia.

—¿Dónde?

—En los ojos, los tienes pintados.

Ruth se quedó callada. Pensó en su papá, mamá, Yoshua, Masha…

Jacob a duras penas saludó a Moisés. Pasó a la mesa a iniciar la ceremonia. La Baum llenó las copas de vino: los hombres se recostarían sobre almohadas hacia la izquierda, como lo hacían los patricios romanos en símbolo de libertad. La Hagada, el texto litúrgico de la ocasión, sería leído por Jacob durante la cena. La ceremonia se inició con la bendición del vino.

Gershon continuaba nervioso. ¿Se darán cuenta de que faltan monedas? ¿Por qué va a recoger las alcancías tan pronto?

Lo invadieron el temor y la culpa.

—Bueno, es tu turno —dijo la señora Baum orgullosa.

Gershon no supo qué contestar y en vez de cantos, la mesa se llenó de sollozos y lágrimas.

—¡No lo hice!...¡Me obligaron!

—¿No hice qué? —preguntó su padre en tono severo, que provocó un llanto más fuerte.

Ruth se acercó: lo abrazó, mientras plantaba un beso en su mejilla para calmarlo.

—Tía, no lo vuelvo a hacer…

—No llores. Vamos a cantar juntos las preguntas. ¿Está bien?

Gershon señaló con su cabeza que estaba de acuerdo. Miraba al profesor con temor, hecho que a Moisés le extrañó.

—"¿Por qué es esta noche diferente a las demás noches? ¿Por qué comemos pan o pan ácimo y esta noche solo pan ácimo?"...

El profesor felicitó a Gershon al culminar las preguntas, pero no lograba tranquilizarlo. Ruth le dijo en voz baja:

—Aprovecha. Ve, róbate la matza escondida entre las almohadas del tío Jacob. Corre que no te mira.

Y Jacob fingió que no veía. El robo del pan ácimo y la complicidad de todos lo calmó.

—Estoy seguro que tío Jacob te va a regalar algunas monedas, después de la ceremonia —dijo Ruth— ¿Qué piensas hacer con ellas?

—Ponerlas en la alcancía —dijo Gershon, después de mirar al profesor.

Jacob no creyó apropiado que el niño depositara las monedas en la alcancía.

Después de cumplir con la lectura sobre la liberación de la esclavitud en Egipto, y probar los diferentes productos simbólicos, las señoras comenzaron a servir la cena.

—¿No es mejor que compres con el dinero dulces para ti, al igual que todos los niños? —preguntó Jacob.

—No, prefiero meterlos en la alcancía —contestó.

La actitud de Gershon enorgulleció a la señora Baum.

—Ve profesor. ¿Qué opina de mi muchacho?

—Gershon contaré en la Fundación tu generosidad. En tres semanas estaré en Tel Aviv y serás un ejemplo para otros niños.

La Baum se acercó: le dio un beso en la mejilla.

A Ruth la sorprendió la noticia del viaje.

—Profesor, ¿se va?

—Sí; como en el teatro, cumplí mi papel. Es hora de partir. Debo dar paso a nuevos personajes, como dirían en las tablas. La Fundación, me anunció que piensa enviar a otro maestro, para continuar mi labor; así que Gershon en pocos meses, tendrá un nuevo profesor de hebreo en la ciudad.

—No debe irse, todavía lo necesitamos. Jacob piensa abrir una librería —dijo Ruth al servirle el plato de calado con bolas de matza.

A Jacob no le cayó en gracia la revelación de Ruth.

—¿Qué tipo de librería? —preguntó Moisés.

—Una librería religiosa —respondió Jacob.

—Una gran idea. Los felicito. Nada mejor que estar rodeados de libros.

—Profesor, usted que conoce tanto de libros, ¿qué editoriales argentinas nos recomienda?

—No sé casi de las editoriales litúrgicas.

—¿Ves? —contestó con una sonrisa Jacob.

—Mientras en la vida cotidiana judía se confunden lo secular y religioso, en el mundo de los libros es posible crear separaciones. Hay una literatura considerada amoral por los religiosos; pero no por ello deja de ser judía. En los libros es posible ser ateo y aun judío.

A Jacob le desagradaron las palabras de Moisés. La cena religiosa terminaba con cantos pascuales que invocaban en sus melodías a la judería europea.

> Un cabrito, un cabrito
> Que papá compró por dos monedas,
> Un cabrito, un cabrito…

Los cantos calmaron el diálogo y las confrontaciones.

—¿Y mis clases? —preguntó al finalizar Ruth.

—¿No oyes que se va? —dijo Jacob molesto para recalcar su partida.

—Ya domina el idioma. Se defenderá sin problemas —contestó Moisés.

Se despidieron del profesor con la promesa que vendría el próximo miércoles para una última clase.

—Yo sabía que era sospechoso. Afortunadamente se va —le dijo la Eisenberg a Jacob—. Me cansaba tanta visita y tantos cuentos los miércoles.

—¿Los escuchaba usted? —preguntó Jacob.

—¡Qué los iba a escuchar! ¡Está loco! Dijera lo que dijera, no podía ser bueno.

Secuencia 65

Al entrar Moisés en la casa ese martes, Ruth vaticinó que venía a despedirse.

—¿Y la clase de mañana?

—Debo partir.

—Es un error —dijo Ruth— he hablado con muchas personas; todos están seguros que su labor es importantísima en esta ciudad. El que se vaya, es un error... Además, no me ha dicho qué debo seguir leyendo.

—Eso es fácil... poesía.

—No se vaya...

Moisés sonrió.

—Me endulzan el oído sus palabras, son como miel, pero las cartas están echadas.

—Hablé con Jacob; hasta él cree que debe quedarse.

Ambos sabían que era una mentira.

Ya tengo los pasajes del barco que sale dentro de tres semanas; pero mañana a Barranquilla, luego iré a Nueva York y por último tomaré un barco a Israel.

—¡Mañana!

—Me ha tocado adelantar el viaje, pero no quería partir sin despedirme.

Hubo un silencio. Se contemplaron. Moisés quiso abrazarla, pero se abstuvo.

—Me gustaría despedirme de Jacob.

—Espérelo, llegará en cualquier momento.

Llovía y era poco probable que regresara pronto. Ruth

fijó su vista en él: vestía el mismo saco a cuadros de la primera clase. Se lo desabotonó; sacó de un pequeño bolsillo un paquete de cigarrillos. Le ofreció a Ruth, quien lo recibió y colocó entre sus labios.

—No sabía que fumabas —comentó la Baum.

Moisés rasgó una cerilla y detalló las manos de Ruth que sostenían el Pierrot.

—Espero verla algún día en Jerusalén.

—Sí, algún día.

—Bueno... —dijo Moisés.

—Mi primo Saúl me va a ayudar a buscar trabajo, para traer a mi hermano Yoshua.

—Estoy seguro que le irá bien.

El humo de los cigarrillos se entrelazaba durante el silencio provocado por algunas frases.

—¿Nos va a escribir? —preguntó Ruth mirando a la Baum para despersonalizar la inquietud.

—Claro.

—Bueno...

Moisés estiró la mano. Ruth la percibió húmeda.

—¡Gershon! —gritó la Baum. Ven a despedirte del profesor.

El niño llegó con una nueva peladura en la rodilla. Moisés le estiró la mano como si fuera un adulto.

—Te espero en Israel —dijo en hebreo.

—Bueno... No sé si puedo esperar a Jacob.

—No demora...

—Más bien, dejo que se despidan de mi parte... En fin, adiós.

La Baum le estiró la mano agradeciéndole las clases de Gershon. Ruth lo miró sin pronunciar palabra. Levantó sus libros de la mesa y dio media vuelta. En la pieza Ruth se sintió nerviosa. Tomó el cuaderno de las clases de español. Lo abrió: se topó con el verso:

"Vayse meu corachón de mib".

Secuencia 66

—Doña Ruth, por fortuna vino. Don Saúl me encargó hablar con usted desde ayer. No sabía dónde encontrarla. Espere un momentico que ya la recibe, está en el teléfono.

—¡Conseguí lo que buscabas! ¿Puedes empezar a trabajar hoy?

—Sí.

—Entonces no perdemos tiempo.

Secuencia 67

Caminaron a buen paso. La carrilera del tranvía y sus postes señalaron la ruta. Al cruzar la calle, Ruth divisó "La Ocasión" con su amplia vitrina enmarcada en biseles de cobre que reflejaba los carros al pasar. Las cortinas recogidas a lado y lado, creaban la sensación de un escenario. Ruth notó los maniquíes. Estaban sucios. Al entrar, David saludó a Saúl con la pregunta.

—¿Conseguiste los osos?

—Estoy en eso.

David le dio la bienvenida a Ruth. Lucía un traje príncipe de Gales, con una fina raya roja. De los puños de su camisa blanca sobresalían mancornas rectangulares con arabescos tallados. Su corbata vinotinto hacía juego con el pañuelo blanco del bolsillo izquierdo del saco, que enseñaba tres de sus puntas.

Saúl llamó a Alicia y Anita; las presentó, solicitándole a Alicia que acompañara a Ruth en un recorrido por el almacén. Alicia le enseñó las mercancías que vendían y sus precios, mientras Saúl y David subían a la oficina en el mezzanine. Las dos mujeres se dirigieron al fondo, donde guardaban los abrigos de piel y las estolas. Colgaban de tubos de madera y se protegían con una cortina roja de visos dorados. Se abría solo frente a los clientes para evitar que se empolvaran.

—¿Y cuál es la piel que más se vende? —preguntó Ruth.
—Depende; tal vez el astracán.

Siguieron el recorrido por el costado norte para enseñarle la mercancía que guardaban en cajas, en los estantes empotrados a lo largo de la pared. Ruth percibió en Alicia una vejez prematura: le faltaba la dentadura superior que terminaba de apretar sus pómulos. Sacaron las blusas de seda para que conociera las etiquetas. En un estante de vidrio se hallaban collares y aretes de fantasía Coro. Alicia explicó que se distinguían por no negrearse.

—Cuando la compra es buena don David acostumbra encimar un prendedor. La gente sale feliz —dijo revelándole uno de los ganchos de venta del negocio.

También le enseñó las bolsas y sus diferentes tamaños. Ruth advirtió la figura esbelta de una mujer timbrada en el papel café, con "La Ocasión" en letras de molde. Eran bolsas endebles y escuetas. Su experiencia de cliente le decía que una bolsa resistente siempre complacía al comprador. Por último Alicia la llevó a la sección de sastres y paños.

—Siempre mantenemos algunos sastres para la venta; por lo general, se venden los cortes de tres yardas. Le enseñamos a las señoras algunos modelos. Si les gusta uno, le enviamos todo a don José Jaramillo, quien tiene un taller, en seguida de la morada del altísimo, y trabaja por contrato.

Volvieron a la vitrina principal que sintió aún más descuidada, a medida que detallaba su interior. El polvo sobre los trajes, la decoloración causada por el sol de la tarde, hacía que los maniquíes parecieran insulsos.

David bajó con Saúl y le preguntó a Anita por las ventas de la mañana.

—Flojas, don David. Solo dos clientes; ojalá se arregle esta tarde.

David contempló su reloj cóncavo de números romanos: eran las doce y veinte. Saúl se despidió de Ruth y le deseó buena suerte. Arreglaron todo para cerrar el almacén y salir a almorzar. David cruzó hacia el fondo; Ruth percibió el olor a lavanda que dejaba a su paso.

Secuencia 68

Ruth notó que la falda le bailaba. Había perdido peso y su cuerpo se veía extenuado, macilento. Jacob la observó mientras se desvestía. Sus movimientos cansados marcaban las huellas de tristeza en su rostro.

—¿Te sientes bien? —preguntó Jacob.

Ruth no respondió. Era evidente que se veía al acecho, ensimismada y silenciosa. Pensaba en Moisés: su imagen la perseguía. Se le aparecía de nuevo: más alto; más dulce; más impreciso. Aunque había partido estaba ahí; las paredes de la casa albergaban su sombra, que era más larga que el propio cuerpo. El recuerdo se convertía en el punto central de su consunción. Se sentía como si la hubiera picado una víbora y contra el veneno, la triaca que garantizaba la curación de la picadura era ese mismo veneno.

—Imaginé que el trabajo en ese almacén te iba a agotar y no te convenía —dijo Jacob.

Ruth sabía que no era el almacén sino los momentos de hastío y soledad cuando la imagen del profesor navegaba a su lado y el murmullo de sus olas la golpeaban hasta extenuarla. El trabajo mitigaba el dolor.

Antes de dormir quería zurcir unas medias de Jacob, pero las miraba como sin ver. Las recogía, dejaba y las volvía a tomar. Después de un rato, decidió acostarse.

—Te ves enferma —dijo Jacob.

—No es nada.

—¿No sería mejor que te quedaras en casa?

—Necesito traer a Yoshua —respondió Ruth.

—No me gusta ese almacén —insistió Jacob.

Secuencia 69

Por semanas Ruth observó las vitrinas de la competencia. Se detenía en las que consideraba atractivas. Por fin, no aguantó más: decidió subir al mezzanine, a la oficina de David. Sobre el escritorio: periódicos extranjeros. Algunos en yiddish, provenientes de Nueva York. Le sirvieron de tema para abrir la conversación:

—Veo que le gusta leer.

—Periódicos y revistas. Me suscribo a varios para no vivir tan aislado en este pueblo.

—Perdone que lo interrumpa. ¿Le parece si arreglamos mejor la vitrina del almacén?

—¿Por qué?

—Está sucia. Y la ropa que exhibe no es la mejor.

—Son sastres clásicos.

—Sí; pero tiene cara de una vitrina de ropa para hombres. Ustedes prefieren la ropa clásica. A las mujeres nos gusta lo nuevo. Cuando un hombre se detiene frente a una vitrina elige lo conocido, lo que ha usado. Las mujeres por el contrario: preferimos lo diferente, algo que nunca nos hayamos puesto. Disfrutamos la moda. Ahora, si quiere ropa clásica, sería más interesante combinar los sastres con broches novedosos, que llamen la atención, que le den ganas al cliente de entrar, probar qué tal le quedaría.

—¿Está segura?

—Confíe en mí —respondió mientras enseñaba su sonrisa, difícil de contradecir.

David aceptó. Ruth bajó las escaleras entusiasmada. Le pidió a Alicia que la acompañara. Se sorprendió al verla solicitar un delantal. Nunca imaginó ver a la señora que hablaba el mismo idioma del patrón con el atuendo de empleada.

—Vamos a caminar la vitrina —dijo Ruth.

Tomaron un plumero, un balde, agua y jabón. Bajaron la cortina verde oliva que servía de telón e iniciaron la labor de limpieza. Ruth hubiera preferido de fondo una cortina de terciopelo rojo que contrastara con la ropa oscura que caracterizaba a la ciudad. Lavaron los vidrios; los secaron con papel periódico; virutearon el tablado para brillarlo al día siguiente. Revisaron los maniquíes para pintar aquellos descoloridos o boquinos.

Al final de la tarde, los muñecos sin vida cobraron movimiento y color. Ruth contempló la vitrina que se trasformaba en una ventana al mundo. Luego revisó los botones de los trajes. Intuyó que podrían generar un toque de distinción particular.

—Si don José cosiera en vez de estos botones comunes y corrientes, unos cuadrados con raya blanca en la mitad, tendrían una gracia especial —le comentó a Alicia.

Ruth, vistió los maniquíes de tal forma que simularan estar en medio de un gran salón. Le sugirió a Alicia que arreglara una caja vacía. La envolvieron en papel de regalo, para crear la sensación de una ocasión festiva. Ruth se dirigió al fondo: seleccionó una estola de zorros que unía varios animales por su hocico con un gancho. Las colas cafés hacían juego con el paño jaspeado del sastre. Ruth mantuvo el sabor clásico que pedía David, pero jugando con él, a modo de toque final, puso un relicario de fantasía sobre la blusa. En vez de vestirlas con los guantes blancos, simuló que las llevaban en las manos, como si los cargara. Ruth miró los maniquíes, que se tornaban en espejos de deseos. Descubrió cómo los pequeños detalles ayudaban a conferir una acción dramática al escenario.

A pesar de la defensa de la moda que hizo a David, la explicación de como a las mujeres les encantaba cambiar, su vestimenta personal era recatada, condicionada por una visión tradicional y religiosa.

A David lo impactó la vitrina.

Secuencia 70

Por las mañanas David le dedicaba una pequeña conversación a cada una de las empleadas, antes de subir a su oficina. Anita, para hacerle una broma amable, siempre le preguntaba si había comido papa o yuca la noche anterior. Conocía su gusto por los dos tubérculos. Aprovechaba la ocasión para tomarle el pelo. A Alicia le preguntaba por sus hijos, sus estudios. A Ruth le afirmaba que le lucían las mañanas.

—Perdone que la moleste, pero deseo comprar algunos paños y quisiera conocer su opinión.

David cedió con amabilidad el paso para subir a su oficina, recordándole que tuviese cuidado con los escalones. Sus piernas marcadas por la vena de seda gris, daban la impresión de ser más largas y estilizadas. La redondez de sus muslos se afirmaba cada vez que apoyaba sus tacones.

En el escritorio había un paquete de recortes de paño, al lado de una lista de precios y unas revistas.

—Estos son los fláneles que me ofrecen.

Ruth los palpó. Revisó el tejido cruzado, la suave lanilla a ambos lados. Seleccionó uno ni grueso ni delgado y que la fibra no cediera. La lana cardada imprimía una textura de suavidad y resistencia.

—¿Y este gallineto?
—Hay más bonitos.

David le acercó unos paños brillantes y satinados.

—Este está bien.

Distinguió la marca Bouclé de origen francés. Pensó en algunos cortes de espina de pescado verde y habano. Si bien eran sobrios, resultarían más alegres, que el acostumbrado café oscuro y negro. Ruth le sugirió un superflanel de color pastel y unos crepé rosado fucsia. Sabía que le encantarían a las jóvenes.

David anotó las sugerencias en un papel.

—Me parece que este Bouclé ondulado, se movería —comentó Ruth.

David asentó con un movimiento de cabeza. Tomó del escritorio un paquete verde de Lucky Strike que estaba sobre la mesa; sacó un cigarrillo en forma mecánica. Abrió el encendedor: rasgó la piedra un par de veces hasta que la llama iluminó su cara. Aspiró.

—Me gustaría que nos surtiéramos hasta diciembre.

Dialogaron sobre la cantidad que negociarían. Al terminar, David miró su reloj: le propuso a Ruth que salieran a tomar las medias nueves. Habían inaugurado una panadería y pastelería a pocas cuadras. Ofrecían café capuchino.

Ruth aceptó. Al bajar David le recomendó a Alicia la caja registradora y advirtió:

—Ya regresamos.

Luces de neón rojo y verde anunciaban: "Pastelería Florida". El brillo de las luces y sus colores la cautivaron.

El dueño del establecimiento atendía a la clientela; los invitó a seguir al fondo en donde servían las bebidas calientes. Ruth se topó con el espejo de rombos que llenaba la pared como un cuadro. La gente conversaba en contrapunto con el sonido del vapor de la greca que calentaba el establecimiento. Ruth observó el aparato importado de Torino con sus letras azules esmaltadas y la marca: Victoria Arduino. Tres peras se alternaban en bajar; un delgado tubo de cobre soplaba la leche, llenándola de espuma.

—Pienso importar unas pieles de Nueva York —comentó David.

Ruth recordó a Moisés. La ruta que tomaría a Jerusalén lo llevaría primero a dicha ciudad.

—¿Ha pensado alguna vez en ir a vivir en Jerusalén? —preguntó Ruth.

—No; Jerusalén es tierra santa, Nueva York, la tierra prometida. De soñar prefiero Nueva York, y establecer un negocio. Hay que leer prensa. Hay un mundo judío grande y vive bien. Trabajo y ahorro para llegar algún día a Norteamérica; pero con plata. Para eso ahorro.

—Yo también necesito ahorrar.

David advirtió que nunca le había preguntado qué la llevó a trabajar con él. Sabía que Jacob había llegado con Saúl en el mismo barco; que era su prima. Recordó el día en que Saúl le insistió en contratarla.

—¿Y para qué quiere ahorrar?

—Debemos traer a mi hermano. Los depósitos que nos obligan a consignar en el banco son cada vez más altos.

La mesera se acercó. Extrajo de su delantal una libreta en la cual escribió una cifra en el papel que dejó sobre la mesa.

—La situación no es fácil en ninguna parte y cada día parece peor —agregó David al dejar una pequeña propina sobre la mesa para la joven.

Ruth antes de partir observó de nuevo los avisos de neón. Obligaban a fijar la atención.

"…¿Qué pasaría si colocamos luces de neón dentro de la vitrina?…"

Imaginó el neón rodeando a los maniquíes para fabricar la ilusión que caminaban en medio de la ciudad. El brillo rosado; verde; azul y amarillo llenaría de color el escenario: invitarían a soñar.

Secuencia 71

—Sabes, en el almacén me dicen que gracias a mis vitrinas, las ventas han mejorado.

Jacob seguía concentrado en el calor de la sopa; no contestó. Ruth regresó de la cocina con un plato de carne asada, arroz y plátano frito. Jacob tomó una cucharada:

"…¿Cuánto demorarán en enviar los libros?…¿por qué siempre aquí todo es tan lento?… Cualquier cosa es eterna… en Szczuczyn cuando el viejo Yosel pedía los libros de Varsovia, no demoraban tanto…"

—¿Sabes?, He notado la cantidad de gente que entra al almacén —dijo Ruth, mientras sus palabras se perdían en el vacío.

Jacob mascó la carne.

"...Debe haber alguna forma de que me envíen los libros más rápido... ¿cómo organizarlos?... el viejo Yosel tenía un orden muy especial... a veces no sabía ni dónde ponía los libros que acababa de comprar..."

—David se porta bien conmigo, es atento y me consulta qué tipo de paños se venderán mejor...

"...¿No será mejor importar de Nueva York, en vez de Buenos Aires?... algunos libros... Los talmuds, Toras, Cábalas, Tárgums, Masoras y Pugilares están en hebreo...da lo mismo..."

—Estamos cerrando un poco más tarde, por los clientes que llegan.

"...La gente no entiende ni una palabra de lo que reza..."

Secuencia 72

Jacob se dirigió con su maleta al Banco de Colombia para depositar los ahorros del trabajo de la semana. Diagonal al banco distinguió la barbería. Pensó que su cabello estaba largo en la parte delantera; podía interferir con sus filacterias en su rezo diario. Aprovechó para entrar.

Tres sillas alineadas con palancas, estribos y pedales, se reclinaban para asumir la posición que demandara el barbero. En una penca afilaban las filarmónicas que se deslizarían sobre la espuma en la cara que se perfumaban con opopánax o agua de alhucema. Manos diligentes pulían los cabellos engominados que caían como barro sobre el piso de madera.

—Hacía días no venía por aquí —dijo Gonzalo en tono de reclamo—, don Saúl estuvo la semana pasada. Ustedes que acostumbraban a venir juntos.

Jacob se quitó el saco y sombrero; lo colgó en la percha. Al sentarse Gonzalo tomó el freno. Bombeó para subir la silla.

—Qué corte le gustaría, corriente o un argentino desbastado, que está de moda.

—No, no, corriente. Corto adelante.

Mientras lo rodeaban con una sábana Jacob descubrió por el espejo la foto de cuerpo entero de Marlene Dietrich exhibiendo sus piernas. Los rostros de: Greta Garbo; Myrna Loy; Joan Crawford; Loretta Young; Betty Davis; Judy Garland y Lupe Vélez adornaban las paredes. En una pequeña sala de espera se encontraban unos hombres con bandolas; guitarras y tiples. Afinados sus instrumentos preparándose para la serenata de esa noche.

Frente al espejo: tres pomas de crema; alcohol; polvos; y una barra de alumbre que esperaban su turno.

—Tranquilo don Jacob que le dejo el pelo como le gusta, con una leve capul. Sabe, aquí le sacamos capul a una calavera, imagínese si no se la vamos a sacar a usted... ¿le gustaría una revista?

—No.

Gonzalo inició el desbaste con una pulidora gruesa que cambiaría por otra de dientes más finos a medida que avanzara.

—Me contaron que su mujer trabaja con don David.

—¿Quién le contó?

—Por aquí viene mucha gente de la colonia; este trabajo es de pulir y oír cuentos. Yo estaba seguro de que las mujeres de ustedes no trabajaban...

Jacob se sintió incómodo; no hizo ningún comentario.

—¿Don Jacob todavía vende mantas y paños?

—Todavía, pero pienso abrir una librería —dijo para mostrar que él también progresaba.

—¿Dónde?

—Tal vez por Chapinero.

—Ustedes saben mucho de negocios. El otro día vino don Abraham, contó que había enganchado a otro "verde" como los llama él. Le pedí que me lo mandara. A mí me gusta trabajarle a la gente de la colonia. Oiga... don Jacob cuando termine, por qué no me enseña lo que lleva en la maleta, de pronto le compro a mi mujer alguna cosita y hacemos un trueque, por peluquiadas. Así lo obligo a venir cada quince días; no le crece esa capul, que tanto le moleta.

Jacob miró por el espejo. Dudó. Gonzalo supo que harían el cambio.

Secuencia 73

David entró a la oficina de Saúl, que se encontraba en el teléfono. A los pocos segundos terminó la conversación, recogió su sombrero para decirle a la secretaria:

—Si llama el doctor Nieto, dígale que estamos en el café Riviere. Es probable que lo encontremos allá. El chocolate es bueno.

—El pan de yuca y las almojábanas también —contestó ella recomendándolas.

En el camino Saúl le explicó a David la transacción que realizarían.

—Si traemos trescientas pieles, metemos cien en forma legal, el resto bajo cuerda. Ganamos los impuestos. Y las ganancias serán mayores. Al final del año tampoco pagas impuestos por esas pieles. Nieto nos ayuda con las licencias. Que vengan en osos de felpa, que importamos rellenos de astracanes... Qué podemos hacer si nos gustan los rellenos finos.

—¿Estás seguro de que no habrá problemas?

—¿Quién va a sospechar de unos ositos de felpa? Vienen para la Navidad, a alegrarle el espíritu a los niños del país. ¿No se trata de eso la fiesta?

En El Riviere, David notó los billares. Se sentaron en una pequeña mesa. El yiddish se transformó en un telón que encubría sus diálogos, sin temor a que les entendieran. Advertían que los observaban; pero no les preocupó. Las guturales palabras se evaporaban en la algarabía de sonidos que inundaban el lugar. La ciudad no estaba acostumbrada a idiomas foráneos, más allá de los salones selectos. A los pocos minutos, surgieron los limosneros:

—Gringo, una limosnita por amor a Dios...

—¿Vas a dejar vender tus santos perfumados? —preguntó David.

—No. Para la Navidad preparo nuevos olores. Imágenes de la Virgen con gardenias. Una novedad.

—Sabes, no me gusta Rullhusen.

—A mí tampoco —manifestó Saúl—, pero es el contacto. El zorro plateado y el astracán son más baratos en Leipzig y Frankfurt. Ahí los tiñen. Mi posición es simple. A ellos hay que tratarlos como a los gansos impuros. Se prohíbe comer su carne, pero no por eso vas a dejar de quitarles las plumas. ¿No ves contrabando por todas partes? Aquí todos lo hacen. ¿Entonces? Es otro negocio. Con este cargamento te ganas cinco mil pesos. En este país el único crimen que conozco es ser pobre.

Secuencia 74

Cuando entré en el café, vi como sus manos se batían mientras conversaban.

—¿Te dijo mi secretaria dónde estábamos? —preguntó Saúl.

—Acabo de pasar por allá.

Como de costumbre Saúl fue directo al grano.

—¿En qué andan los papeles que firmamos la semana pasa?

—No sé. Ayer llegué de la región del Sumapaz donde llevo unos pleitos de tierras.

—¿Los ganaste?

—Sí.

—Raro —comentó Saúl —hasta donde yo sé, para ustedes es mejor no ganar los pleitos.

—¿Por qué?
—¿Conoces la historia del abogado viejo y el joven?
—No.
—Pues, un prestigioso abogado, cansado de tanto trabajar decidió salir de vacaciones a Apulo y dejarle al hijo, que también era abogado, recién graduado, la oficina. Cuando regresó el hijo lo recibió con la gran noticia que le ganó todos los casos. Al escuchar la novedad el viejo se agarró la cabeza con las dos manos y dijo: ¡Carachos! Yo llevo diez años viviendo de esos pleitos. Y tú me los ganas.
—Hombre…
—Vamos a ver cuándo salen las licencias, o me va tocar contratar a un abogado recién graduado —dijo Saúl mientras soltaba una carcajada.
—Necesitamos otras licencias —anunció Saúl.
Al observar a David comprendí que era socio en el negocio.
—Importaremos pieles de astracán —manifestó David.

Secuencia 75

Saúl abrazó a Ruth al entrar en el almacén. Atendía una cliente; se sintió algo apenada. Un electricista realizaba las conexiones de unos tubos de neón en la vitrina. Ruth nos saludó a todos. Se disculpó para continuar con la señora que preguntaba por la calidad de un crespón.

Subimos al mezzanine. Alicia, quien se encontraba al lado de la caja registradora, se descompuso; su piel oliva se tornó almagre. Salió hacia el baño. Ruth se asustó. Si hacía solo unos minutos se encontraba en perfecto estado.

"…¿Qué le sucedió?…¿un cólico menstrual?.."

Ruth también los padecía. Recordó esos dolorosos tirones que desgarraban su interior. Se acercó a Anita y preguntó si guardaba un poco de elixir paregórico en el botiquín del baño.

—No creo mi señora.

Ruth de dirigió a su cartera. Le entregó unos centavos para que comprara un paquete de anís o canela en la botica. Se acercó a ver cómo seguía. Alicia oyó su voz quebrada. El electricista acababa de probar los balastros, comprobaba si la luz fluía en forma pareja por los tubos.

—¿Dónde los quiere?

Desconcertada no supo a quién atender primero.

—Alicia

—Ya salgo, mi señora Ruth.

Fue a la vitrina: indicó cómo debían instalar los tubos.

—¿La señora quiere la luz rosada diagonal a la pared?

Anita entró con sobres. Ruth le entregó un papel al electricista, en donde había dibujado un boceto. Alicia salió con los ojos irritados.

—Creo que le sienta bien una agüita de canela.

—No, no, es eso —aseguró Alicia.

Ruth le pidió que la acompañara a la vitrina, que pensaba arreglar.

—Algo le pasa.

—No; no, seguro no es nada, en verdad…

—Confíe en mí — dijo Ruth.

—No creo que pueda comprenderlo —subrayó Alicia. La frase se transformó en un reto para Ruth que continuó la averiguación con delicadeza.

—Alicia, cuando se es pobre, se comprenden muchas cosas. La condición todo la iguala.

—Mi señora Ruth, disculpe, pero tal vez usted no tiene dinero ahora, pero créame no va a ser pobre toda la vida. Uno por más que trabaje, no progresa. Ustedes se vuelven ricos. Uno se queda indio para siempre.

Ruth la tomó del brazo. Le insistió que confiase en ella.

—De pronto, quién sabe, la puedo ayudar —repitió Ruth.

Mientras desvestían los maniquíes, Alicia con los ojos de dolor contó:

—Ese doctor que acaba de entrar con don David…

—¿Saúl?

—No el otro...

—El doctor Nieto?

—Sí, él y don Minuto Bautista son los culpables de la muerte de Pedrito mi finado esposo, que mi Dios vele por su alma.

—¿El doctor Nieto?

—Le ayudó a don Minuto para que nos robara la tierra que teníamos y decir que era suya con unos papeles.

—No entiendo. Por qué no empieza por el principio —dijo Ruth mientras empezó a desvestir los maniquíes, para volverlos a vestir.

—Sucede mi señora Ruth que un día apareció en el rancho con ese abogado don Minuto Bautista y para mí que son los responsables de que se haya muerto Pedrito. Todavía lo recuerdo con el mismo vestido de paño, chaleco y sombrero que lleva hoy. Imagínese en medio del calor de esas tierras y con chaleco, ¿cómo lo voy a olvidar? Llegó al monte muy formal con unos papeles sellados. Cuando entraron, Mario que todavía era un bebé, se puso a llorar y yo le canté:

> "arrurrú mi niño,
> arrurrú mi ya,
> que viene el coco,
> y se lo llevará".

A don Minuto no le gustó lo que le cantaba y me gritó que me callara, lo que le molestó a Pedro, quien le dijo que se fuera a gritar a su casa.

—Aquí el dueño de estas tierras soy yo, y grito cuando se me da la gana —nos contestó.

Don Minuto tenía una hacienda pegada a la nuestra, pero nunca nos imaginamos que de la noche a la mañana, mi señora Ruth, nosotros que habíamos desmontado y arado estas tierras por años, nos las fuera a quitar. Unos papeles decían que le pertenecían a don Minuto. Imagínese, nos prohibía cosechar café y sembrar más palos. Él era el dueño de la tierra según los papeles y de buena persona nos iba a dejar ahí, que nos quedáramos, pero teníamos que pagarle alquiler. Pedro se rio de ellos en la cara. Eso los acabó de enfurecer. Don Minuto gritó que él se encargaría de echarnos en persona si era necesario. El abogado trató de calmarlos y nos dijo que era preferible un mal arreglo que un buen pleito. Todavía recuerdo las palabras, pero de nada sirvieron. Pedrito y don Minuto eran ya gallos careados. Yo sabía que don Minuto le tenía ganas a nuestra tierrita que era bonita y bien cuidada, pero él era de una gran ambicia. Todos habíamos tumbado el monte y fuimos colonos, pero él tenía papeles. Una vez nos dijo que quería comprarla y en chanza ofreció cincuenta pesos por ella. Pero, ¿quién le iba a vender? Y le dijimos que no estábamos para juegos. Pero él le tenía muchas ganas, mi señora Ruth. Quién sabe qué le habrá dicho ese abogado, pero un día don Minuto nos vino con el cuento, que la ley estaba de su parte. Que comprendían que habíamos sembrado palos de café y que valían una platica y que los iban a reconocer, pero que de ahora en adelante, solo debíamos sembrar cultivos de pan coger y ningún palo que durara. Nos perdonaba el arriendo de los primeros meses como pago de los palos, pero que a partir de marzo, nos tocaba pagar unas platas.

—No hay necesidad de sacar a nadie —dijo el abogado cuando don Minuto gritó que nos iba a echar. Y el abogado me susurró—: convérselo mejor mi señora con su marido, que él es terco. Recuerde que es lo mejor para todos. La ley está con nosotros y no queremos problemas ni dolores de cabeza.

Pedrito insistía que a él nadie lo iba a echar de sus tierras. Que el desarraigo era para otros. Muchas veces apareció el maldito abogado con su habladito. Llegaba con el pañuelo en la mano para limpiarse el sudor con cada frase como si le costara trabajo hablar. Una vez llegó con el cura convencido que así íbamos a firmar los papeles.

—¿Papeles?

—Sí; papeles que ese abogado le pidió a Pedrito que firmara; solo sé que se negó, y eso le dio más rabia. Ese día amenazó, que nada bueno podía salir de todo esto. Por eso estoy segura que el abogado también es el culpable de lo que nos sucedió, porque Pedro no dejó de sembrar los palos de café. Ya en el almácigo había varios de tres cruces y trazó el terreno como si nada hubiese sucedido. Con el pilón sacaba las matas y las sembraba en su puesto definitivo, como si nada. Yo le pedí que pagáramos el arriendo que esa calma chicha me olía mal. Pero, en eso sí tenía razón el abogado, era más terco que una mula. Bajaba al río y traía la arena para cubrir el grano en los germinadores. Cada vez que abría una chapolita, me decía que ya veríamos el palo que íbamos a tener. Yo le insistía que hiciera caso, y él me decía que parecía un cirirí repitiéndole una y otra vez el mismo canto. Siempre que bajaba, regresaba a casa con el tercio de leña, yuca y plátano. A los pocos días noté humo, y me dije que no venía de la estufa, que algo andaba mal. Pedro trabajaba en el almácigo. Empezamos a ver candela por todas partes. Los hombres de Minuto habían prendido los palos de café. Pedrito me envió con los niños para arriba; y bajó a detener el fuego pero se fue metiendo cada vez más dentro de la candela. Le grité que se saliera, pero insistió en quedarse a apagarlos. ¿Qué más hacía? Era lo único que teníamos. Las llamas lo envolvieron como una manta y no pudo salir. Casi que no lo encuentro entre las hojas y las cerezas quemadas, porque de él no quedaron sino cenizas. A los pocos días, mi señora Ruth, cuando todavía rezábamos por su alma, vinieron el don Minuto con el abogado para darme el pésame y decirme que ellos dejaban que me quedara en la tierra tres meses pero que después debía pagar arriendo. Tomé mis chiros, los niños y me vine donde la comadre Ana Julia, que ya vivía en la ciudad.

Aquí comencé como muchacha de servicio, por días. Trabajaba con una señora en la casa, pero me vigilaba, para que no me llevara ninguna comida al final del día. Cuando la comadre Ana Julia me dijo que Anita, una prima suya trabajaba aquí y que don David necesitaba ayuda, me vine a ver qué pasaba. Con esta situación agradecí que sin muchas recomendaciones me aceptara. ¿De dónde iba yo a sacar papeles? Don David es buena persona, pero mire usted la cagada suerte de uno. De todos los lugares posibles nunca me imaginé que al abogado lo encontrara aquí. Yo pensaba que ustedes eran diferentes.

Ruth no supo qué contestar. La incomodó el "ustedes" que usó Alicia. David la llamó.

—Anita le sirve el agua de canela —dijo Ruth mientras subió perpleja las escaleras.

La historia de Alicia la impactó y confundió. No supo qué pensar.

"...¿Qué haría el doctor Nieto en la oficina de David?... Nieto le ayudó a Jacob con los papeles para que yo entrase al país..."

Secuencia 76

Cuando Ruth entró a la oficina, me encontraba sentado frente a David y la volví a saludar, pero no contestó. Me despedí. Saúl también aprovechó para salir.

—¿Qué opinas de estas pieles de astracán? —preguntó David.

Ruth las acarició. Dejó que sus dedos se deslizaran por los crespos sedosos de las cerdas y admiró su brillo lustroso. Estaba incómoda a pesar de disfrutar la sensualidad de la piel.

—¿Tienen muchos negocios con el doctor Nieto?

—Es el abogado de la colonia —respondió— por cierto, me atreví a mencionarle que me gustaría que acelerara los trámites de su hermano. El papeleo es algo demorado, le expliqué que si había algún costo adicional, el almacén lo asumiría.

A Ruth la sorprendió el gesto de David.

—Solo llevo unos meses aquí.

—No se preocupe. Después veremos cómo arreglamos todo. Lo importante es iniciar los procesos, arrancar. Aquí los papeleos son eternos. Ya verá todas las copias que tendrán que firmar. Nieto es maravilloso para buscar y sacar certificados de donde no los hay.

Cuando bajó las escaleras, estaba más confundida. Ahora ella también tenía que ver con el abogado. La abrazó una sensación de agradecimiento y deslealtad.

—El electricista, terminó la última instalación, mi señora Ruth y quiere saber si la aprueba —dijo Anita.

Ruth examinó las luces que fluían como ríos de colores. Sus contornos sinuosos circulaban por todo el escenario. Ahora no sería necesario cambiar la posición de los brazos para insinuar ritmos y posturas en los maniquíes. Las luces caían sobre los trajes desde múltiples ángulos. Fabricaban visos de acuerdo con la posición en que estuviera; Ruth jugaría con los colores que irradiaban los paños y sedas.

David admiró el dinamismo de las vitrinas. Las luces despertaban el ojo, a nuevos focos y perspectivas. La vitrina a partir del neón, hacía girar a los maniquíes como si estuvieran dentro de un kaleidoscopio. La luz cristalizaba, situaciones imaginarias.

"..¿Pero tanta innovación le gustará a los clientes?... ¿el cambio si será bienvenido?..."

David observó a Ruth. Era incansable pues un extraño perfeccionismo se apoderaba de ella. En sus manos la ropa adquiría toques exóticos. David pensó en ayudarla, y hasta se ofreció, pero cualquier persona adicional en el escenario estorbaba. Ruth dirigía a Alicia. Las dos daban la impresión de actuar en una obra previamente ensayada. El placer de la creación se entreveía en los pormenores que imprimían toques de magia al espacio. La vitrina desde afuera era un rompecabezas que se armaba poco a poco, y en la cual cada pieza se acoplaba en contrapunto. Era una improvisación estudiada, cuya frescura invitaba a los transeúntes a observarla e intuían que a ellos les correspondía ajustar la última ficha que completaba el cuadro. Y que habría tantos cuadros como caminantes estuvieran dispuestos a hacer en la vitrina su lectura. Solo al final de la tarde, Ruth terminaría la obra, sin quedar del todo satisfecha. Cerraba el telón más por razones externas que por deseo propio. Era un abandono más que un concluir.

Ruth miró a David. Sus ojos se cruzaron: ella bajó la cabeza y su cuello blanco se llenó de rubor.

El reloj señaló un cuarto para los ocho. David anunció que ya era hora de cerrar. Pero dejó que Ruth señalara a qué hora partirían. Ni Ruth ni Alicia cruzaban palabra. David intentó un par de bromas para cortar su silencio.

Al terminar Alicia corrió al fondo del almacén por su abrigo. A duras penas se despidió de los dos. David alcanzó a ver sus ojos enrojecidos e hinchados y la detuvo preguntándole qué sucedía.

—Me machuqué un dedo, don David.

La respuesta la humilló. Callaba otra vez su dolor, lo que significaba de nuevo, un triunfo ajeno.

Ruth ayudó con los candados, entre los dos cerraron el almacén. La vitrina hipnotizaba: las luces bañaban las figuras encantándolas.

Secuencia 77

—¿La llevo?

Era tarde. Jacob ya debía estar en casa. Ruth esperó que su demora no provocara otra discusión. Desde que empezó a trabajar todo lo que hacía le incomodaba. No sabía cómo complacerlo.

Caminó con David hacia el carro que dejó estacionado en la Plaza de Bolívar. Un niño con el pantalón roto y descalzo se le aproximó:

—Doctor, una monedita.

David sacó de su monedero un centavo y se lo entregó. Ruth detalló el automóvil con sus ruedas adornadas por una franja blanca. David le abrió la puerta; Ruth observó la plancha de instrumentos de acero estampado. El techo forrado de fieltro confería un toque lujoso. Contempló las fuentes de la Plaza que se iluminaban con luces azules y rojas: el agua daba la impresión de bailar. El tono violeta que entretejía los reflectores, pintó cuatro arcos que rodearon la estatua del Libertador. Las luces iluminaban el Capitolio con sus grifos. A Ruth la preocupaba el tiempo, pero alcanzó a disfrutar los segundos frente a la Plaza con las aguas que se volcaban sobre sí mismas. Al verla soñando ante la fuente, David dijo:

—Confío en que ahora no me toque buscar un plomero para llenar la vitrina de fuentes.

Ruth sonrió.

—A menos que desee lanzar una nueva línea de gabardinas —contestó ella siguiéndole el juego.

David apretó el botón que accionaba el encendido: miró los redondos pechos de Ruth que alcanzaron a insinuarse bajo las solapas del abrigo. Pisó el acelerador. El aparato estaba frío; demoró en arrancar. David advirtió la Catedral y comentó:

—Y pensar que entré a este país con una partida de bautizo.

—¿Qué?

—Me la vendió un cura en Pasto. Costó veinte pesos.

David apretó el botón que accionaba el encendido. Miró que estuvieran solos. Recordó que era casada. Aceleró hasta el fondo. El tráfico lo agobiaba, pero ahora lo sentía como un aliado que le entregaba más tiempo con Ruth.

—Le puedo hacer una observación, que espero no tome a mal.

—Sí, claro —contestó ella.

—Tal vez no, es muy personal…

—No importa confíe en mí —replicó ella intrigada.

—Cuando miro su vestimenta, recatada y conservadora, me parece que hay un divorcio entre usted y el mundo que arma en las vitrinas.

David la obligó a enfrentar una realidad que no deseaba ver. Asumió una posición defensiva ante el comentario.

—Soy una mujer religiosa. Una cosa son los negocios y otra la vida personal.

—Perdóneme, no quise ofenderla.

—No, no me ofende —respondió ella.

—Solo quería alabar sus vitrinas, pero creo que fui torpe. Olvidemos la conversación. Le ruego disculparme si la ofendí o incomodé.

El carro avanzó por las calles. Un paramillo castigaba sus vidrios.

Secuencia 78

Gonzalo se hallaba con guitarra en la mano, al entrar Jacob a la barbería. Ensayaba las canciones que tocaría esa noche. Sopló los dedos y continuó en el punteo.

—Don Jacob viene a cobrarme la cuotica de la manta, ¿no es así? Pues siga no más, acomódese en la silla que ya lo atiendo.

Jacob se quitó el saco; lo colgó en el perchero. Miró su reloj: calculó que tomaría una hora u hora y media, si lo atendían rápido. Descubrió que había hecho un mal negocio: el intercambio por la manta lo obligaría ahora a esperar a que Gonzalo estuviera libre para atenderlo. El trueque, que debía conservarle el pelo corto, imponía una espera fastidiosa.

—¿Y a don Jacob no le gustaría una serenatica? Se la doy barata. Aquí tenemos buenos merenderos; no vaya a creer que estos se destiemplan con tocar la puerta. Así amortizamos unas cuoticas.

—No, gracias —contestó Jacob.

La costumbre le era ajena.

"…solo eso me faltaba…"

—Vea que su señora se lo agradecería. Si están peleando, le cae todavía mejor.

Jacob no contestó, prefirió mirar las fotos de las artistas, mientras terminaban el ensayo. Al verlo frente a la foto de Loretta Young, Gonzalo preguntó:

—Y don Jacob ya vio la película de la casa de los… ¡Ay! Con esta memoria, que a ratos ni me acuerdo como me llamo.

—¿La casa de los Rothschild?

—Esa misma— contestó Gonzalo mientras se levantaba para atenderlo—. Los polacos solo hablaban de esa película. Entre ustedes todos la vieron ¿No? Es sobre una familia de banqueros.

—No la he visto —contestó Jacob, sin explicar que la representación de imágenes estaba prohibida según la religión. Y por ello él no iba a cine.

—Muchos la han comentado. Claro que las películas que a mí me gustan son las de Carlitos Gardel y Libertad Lamarque… Eso sí, para qué, uno en el cine disfruta mucho —dijo Gonzalo mientras envolvía a Jacob con la sábana blanca y bordeaba su cuello para evitar que lo irritaran los pelos.

En ese momento llegó Saúl a la peluquería.

—¿Nú? ¿qué has hecho? —preguntó mientras se sentaba en la silla contigua.

Gonzalo al oírlos hablar en yiddish, le preguntó a Saúl si había visto la película.

—Claro que la vi.

—¿Eran banqueros que regalaban plata? —preguntó Gonzalo.

—¡Qué iban a regalar plata! Oígalo. ¿Usted cree que a uno la plata se la regalan? Me recuerda el cuento de los Rothschild, sobre dos limosneros que una vez fueron al banco a pedirle dinero al viejo Amschel Meyer. ¿Te lo sabes? —le preguntó a Jacob.

—No.
—Un limosnero le pregunta a otro:
—¿Adónde vas?
—Pienso entrar al banco y hablar con el mismo Rothschild —contestó.
—Pero no te van a dejar.
—Ya verás, solo espérame aquí.

Al cabo de una hora, sale del banco y le cuenta al amigo:
—Me costó trabajo, pero logré hablar con Lord Rothschild en persona. Le conté mis problemas: la enfermedad de mi mujer, como vivíamos… Y Rothschild me interrumpió para darme una boleta verde, diciéndome que me presentara al gerente. El gerente escuchó de nuevo mi historia y me dio una boleta azul para el director. El director también de una amabilidad, que para qué te cuento, escuchó mi historia y me entregó un billetico blanco para el cajero. El cajero se sentó, volvió a escucharme y tomó un billete rosado para que se lo diera al portero. El portero me abrió la puerta y ayudó a salir con una cordialidad que nunca había visto en toda mi vida.
—¿Cuánto te dieron? —preguntó el otro limosnero.
—No, no conseguí nada —contestó— pero eso sí, tienen una organización que es una maravilla.

Gonzalo no estimó graciosa la historia. Sabía que Saúl se ufanaba de ser avaro como si fuera una cualidad.
—¿Al fin vas a montar la librería? —le preguntó a Jacob en yiddish, para cortar la conversación con Gonzalo.
—Busco local —respondió Jacob.

Gonzalo cambió la dentadura a la pulidora de mano, mientras a Saúl le colocaban una toalla caliente en la cara.
—¿Le gustaría que lo peine con brillantina, don Jacob?
—Bueno.

Gonzalo tomó las pomas de metal y sobre su mano echó la loción que deslizó en el cabello y repasó con la peinilla. Después de sacudir la sábana, Jacob tomó el sombrero. Gonzalo le ayudó a acomodar el saco de su traje. Se despidió de Saúl; partió de afán con su pesada maleta.

Cuando Saúl vio que no había nadie conocido en la barbería, llamó a Gonzalo a un lado, para preguntarle en voz baja:
—¿Rullhusen pasó por aquí?

Secuencia 79

David notó que la mañana corría más rápida, debido al número de clientes que entraban atraídos por las luces de neón en la vitrina.

Empezó a sentir que lo atrapaba la presencia de Ruth. Buscaba cualquier pretexto para estar cerca de ella. Su interés por la moda había aumentado y los nombres de: Poiret; Mainbocher; Lanvin; Worth y Elsa Schiaparrelli, no le eran extraños. Gracias a Ruth compró revistas de modas para que se enteraran de las apariciones en los mercados europeos y de Nueva York. Revisaban las creaciones en la oficina de David o a la hora del capuchino en la Pastelería Florida. Estudiaban con cuidado los modelos de los grandes costureros. Poco a poco aparecieron en la vitrina trajes diseñados por ella. Aprendió a imitar los cortes de modistos que admiraba. A partir de ellos construía originales combinando texturas y colores novedosos. Sus copias adquirían vida propia gracias a la forma en que hilvanaba los elementos. Los pespuntes buscaban que no se vieran las costuras ajenas.

Temprano en la tarde David debía salir a recoger un pedido de crespones. Deseaba que Ruth lo acompañara, aun cuando su presencia no era indispensable. No le gustaba dejar el almacén solo con Alicia y Anita. Y sin embargo, no resistió la tentación. Caminaron hasta la Plaza de Bolívar para recoger el auto. David habló de nuevo sobre las pieles que pensaba importar.

El lenguaje de las compras y la moda tejió un espacio de los dos. Esa tarde dialogarían sobre el cisma entre los trajes. Ruth insistía que la falda subió para no volver a bajar en los trajes diurnos y que la tradicional falda larga quedaría relegada a las noches de los salones. A David no le convencía que la moda exigiera hombreras para estilizar la figura. Ruth le propuso una idea audaz: crear vestidos estampados con botones del mismo diseño.

David prestaba atención a cada palabra que pronunciaba y se mostraba complacido con sus sugerencias.

Se encaminaron por la Avenida de la República, hacia el norte, cruzaron el Parque de la Nieves. Ruth quiso ver qué película presentaban en el teatro Rex, pero no alcanzó a leer los letreros. Al pasar frente a las modernas residencias de la calle veintiuna, pensó que sería ideal vivir ahí. Sin embargo, era un sueño todavía lejano; prefirió no pensar en ello. Al ver a Ruth contemplar los edificios, David comentó:

—Deberían acabar con todas esas casuchas y balcones desvencijados. Remplazarlos por casas modernas para que la ciudad progrese.

Secuencia 80

A la altura de la Terraza Pasteur, David desaceleró. Era un día soleado y quiso caminar. Ruth pensó que David estacionó en la calle porque el depósito quedaba cerca. Mientras caminaron detalló la redonda construcción de cúpula y linterna sobre la esquina de la calle veinticuatro. Los ojos de buey del edificio parecían espiarlos. La intimidó. Miró al otro lado para encontrar un edificio que redondeaba el andén, con un rosetón y antepechos de hierro forjado con guirnaldas en su entrepaño.

Un árbol centenario en la mitad de la acerca oriental miraba el parque que se abría al frente. Ruth observó a una pareja de jóvenes, que iban acompañados por una chaperona, que vigilaba la muchacha con recelo. Ruth cubrió su cara con el velo de su sombrero, mientras escuchaba a David hablar de las calles de Nueva York y la manera como las imaginaba. El aire del parque refrescaba los sueños. La sorprendió el paseo.

David sabía encontrar tiempo para todo aquello que fuera grato. Mientras lo escuchaba, viajó entre ilusiones. Cruzaron la estatua de la Rebeca con los patos blancos que nadaban en el estanque y David fue regresando poco a poco al tema de los negocios.

—Veo que te gusta combinar colores fuertes. ¿Cuáles prefieres para los crespones?

—El de China —respondió después de pensar un momento— podría ser Chartreuse. Un rosado grisoso también se movería y un violeta. Como es una seda correidza aguanta colores más vivos.

Ruth al oírse miró su propio traje: lo descubrió plano, opaco. Se sintió desaliñada. Soñaba con situaciones y trajes llenos de color. El suyo parecía ahora apagado en medio de los jardines.

Secuencia 81

En el auto, David giró hacia el occidente tomando la Avenida Caracas. Los pastos, algunos maizales, la fábrica de cerveza, anunciaban que la ciudad llegaba a sus extramuros. El galpón se hallaba sobre una carretera recebada. David dejó el carro en frente; le abrió a Ruth la puerta. Entraron al depósito lleno de rollos de tela.

—Quisiéramos ver los crespones —dijo David.

Ruth revisó la calidad del Georgette, Marroquí y Mariposa. Consideró que el tejido del Georgette era delgado y transparente; le faltaba algo de peso. Encontró apropiado el de lana, con sus hilos sometidos a torsión. El Marroquí, con su tejido en relieve, no alcanzó a convencerla: lo rechazó. También vio el Chantú: graneado e irregular, pero atractivo. Sugirió comprar unos rollos.

Ruth disfrutaba la atención que le prestaban. Bastaba una leve sugerencia y la complacían.

Secuencia 82

Por las mañanas tomaban las medias nueves. Por las tardes se volvieron más frecuentes las invitaciones a un salón de té para las onces. Ruth insistía en regresar al almacén, pero terminaba engatusada por conversaciones imprecisas que desembocaban en simpatías compartidas. Las ventas iban bien. La impresionó la organización de David, su seguridad, que le llenaba de confianza.

Secuencia 83

Antes de preparar una nueva vitrina Ruth recorría los almacenes Delka o el Regina, para ver qué exhibía la competencia. Observó de nuevo su atuendo y la invadió el deseo de cambiar de traje. Examinó los vestidos de corte marinero que consideró salidos de moda. Encontró una falda en zaraza rayada que creyó atractiva, pero costosa. Cada vez que detallaba la ropa, volvía sobre sí misma. No era el momento de gastar dinero: debía concentrar sus esfuerzos en ahorrar. Necesitaba traer a Yoshua.

"...¿Será indebido?... ¿por qué va a serlo?... ¿Acaso está prohibido en la Biblia usar colores alegres?..."

Recordó la sonrisa de David.

Secuencia 84

Al ver la barbería decidí entrar. Gonzalo me saludó e indicó que me atendería enseguida.

—Hazme un corte argentino desbastado —le dije.
—¿Lo afeito?
—Está bien.

Al empezar el corte, me susurró al oído:
—¿Al doctor le gustaría un poco de láudano o morfinita, para tranquilizar los nervios? Aquí hacemos el láudano con buen vino y azafrán.

Quedé incómodo frente a la oferta.

"... ¿De dónde conocía Gonzalo mi afición?..."

—Don Jesús María Benavides, me dijo que usted también era cliente y que se lo ofreciera. Me aseguró que lo agradecería.

Secuencia 85

Una ventisca sopló y levantó el polvo que ciscaba el piso. Hacía frío. Esa tarde David la invitó a una taza de chocolate. Las nubes comenzaban a tomar color rosa. Subieron una cuadra a la Puerta Falsa de la Catedral. El estrecho lugar los acogió, en una de las mesas, detrás del mostrador. El chocolate se servía con una tajada de queso campesino, almojábanas y pan. Ruth vio en el mostrador los dulces típicos de la ciudad: postre de natas; brevas con arequipe; cascos de naranja y "el matrimonio". David adivinó sus deseos: llamó a la mesera. Le preguntó a Ruth: qué prefería. No aguantó la tentación: pidió moras con arequipe.

David la contempló. Sus labios se llenaron de pequeños hilos de caramelo. Ruth bajó la vista, y saboreó el chocolate, que desprendía un aroma de sortilegio que los embargó.

Secuencia 86

Gonzalo hazme un corte argentino.

—Y qué lo había demorado tanto doctor Nieto. ¿Se le acabó el láudano? ¿Le vendo otro frasquito?

Bueno, ¡que carachos, dame uno!

—¿Y unas ampolletas de morfina?

—Ya metido en gastos...

Mientras me empezaba a desbastar formulé una pregunta obvia para picarle la lengua:

—¿Y no está prohibida por ley la venta de opio y drogas heroicas?

—Pues mi don, prohibido, que se diga prohibido, tal vez sí. Pero se consigue. Nosotros solo complacemos a nuestros clientes. Por cierto, las solicitan gente fina, abogados y poetas conocidos.

—¿Y cómo la consigue?

—Los contactos, ni don. Aquí llega mucha gente a hacer negocios. Por ejemplo, don Saúl y don David, que son amigos suyos, vienen a encontrarse con Rullhusen, Nikolaus y Vogel. Esos alemanes me han dicho que venden pieles. Que las traen de allá de sus tierras. A mí esa gente no me cae bien, porque, sonríen por todo... Pues sí, la morfinita gusta entre la clientela selecta y la ofrecemos con discreción. Si algún amigo suyo desea una ampolleta me lo manda.

Gonzalo bajó la silla reclinándola para continuar la afeitada. En un pomo colocó un poco de crema de serapia que agitó con una brocha para producir una gruesa espuma mentolada que refrescaba el cutis y mitigaba el ardor del paso de la navaja.

—Pero doctor, cómo hay de robos en esta ciudad ¿no le parece? —dijo Gonzalo refiriéndose a un tema de actualidad—. La banda del gallino está haciendo de las suyas en Chapinero y don Fidel con su pita en los cerros. Los atracos son diarios y nadie hace nada. No hay autoridad. La policía sabe dónde está don Fidel y sus cafuches, pero se hacen los talegones. Los periódicos le echan la culpa a la chicha. Pero para mí que la chicha y la pita no pueden ser tan dañinas: alegran el espíritu.

—Como dijo el poeta: una ciudad espiritual y maleante.

—¡Usted cómo es de bueno para las palabras! ¿No doctor?

Secuencia 87

—Señora Carlina, ¿tiene manzanas?

—No; no es la época mi señora Ester, pero le ofrezco papayuela.

Era domingo y buscaban los ingredientes para las tortas que prepararían para la celebración del año nuevo. La fiesta invitaba a que las mujeres se lucieran en el arte de la repostería. La Baum disfrutaba la torta de manzana y no se hacía a la idea que no fuera la temporada para ellas en Bogotá. En el viejo hogar, las canastas en las plazas, vivían llenas en estos meses del año.

—Así estuvieran a diez centavos la docena compraría —le dijo la Baum a Ruth.

—¿Tan cara?

— Todos seríamos ricos si no tuviéramos que comer. Me encantan las manzanas. Solo por eso trabajaría, para darme gusto. Estoy aburrida de tanto regatear. Uno tiene que estirar cada centavo… Ahora que trabajas espero que tengas tu guardadito.

Ruth sonrió.

—Siempre hace falta dinero en la casa. Hay que ahorrar para traer a Yoshua… Pero sí, tengo mi guardadito para comprar libros de poesía.

—No importa para qué —contestó la Baum— con tal de que tengas el guardadito.

Ruth continuó en la búsqueda de ingredientes para una torta de miel. Llevaría: canela; clavo; nuez moscada y jengibre. También decidió que agregaría uvas pasas. Compró además: panela; huevos; café y harina.

Ruth imaginó el proceso. El modo en que mezclaría las especias con la miel. Quería hacer una torta esponjosa y húmeda. Pensó en David.

Secuencia 88

—¿Me acompañas un segundo a mi oficina? —dijo David.

Ruth se hizo frente a él. Tomó el mostrario de telas que descansaba sobre el escritorio. Comenzó a acariciarlas como si nunca las hubiera visto. Luego observó el periódico, para revisar sus titulares.

—Estuve buscando otro local —dijo David.
—¿Otro local?...
—Pensaba abrir una sucursal.
—Me parece una gran idea.
—No tanto —contestó él—. Si invierto mis ahorros en otro negocio debo dividir mi tiempo entre los dos almacenes. Dejaría de verte. Y no es lo que quiero hacer.
—No entiendo —dijo Ruth.
—Sí; de pronto me di cuenta que con dos almacenes no podría estar a tu lado. Y la idea me dolió. Sé que no debo decir esto, pero no lo puedo evitar: no me imagino sin ti.

La atraparon las frases que siempre soñó escuchar. La música era tan dulce como imaginaba. Sin embargo, abrió ofendida la puerta de la oficina y salió sin decir nada.

Secuencia 89

David no supo cómo aproximarse a ella durante los días en que lo evadió. Quiso presentarle disculpas, pero era imposible. Al verla ordenando un pedido, aprovechó para acercarse y decirle:

—Lo lamento. En verdad lamento lo de hace un par de días.
—Ya pasó —contestó Ruth.
—Eres la responsable de éxito que he tenido.
—Le ruego, soy una mujer casada.
—Excúseme. Perdí la cabeza. Le pido me perdone.

Ruth no evitó un gesto de contrariedad para decir con cierta sequedad:

—Pienso olvidar ese momento... Espero que podamos seguir de amigos.
—Sí —contestó David con tono respetuoso.

—Sí; y confío en usted —dijo Ruth estirándole la mano que él apretó con una delicadeza que la perturbó.

Secuencia 90

En la casa que habían alquilado como sinagoga, separaban a los hombres de las mujeres con una cortina. Los hombres al frente; las mujeres detrás. Era septiembre y el rezo conmemoraba el año nuevo y otro aniversario de la Creación.

Las mujeres escuchaban la lectura de la Tora. Los hombres rotaban los versículos correspondientes al día de guarda; subían a leer el pentateuco vestidos con un efod de lino. Al finalizar la lectura vendría la evocación del cuerno del carnero. A Jacob le correspondió la difícil tarea de producir el sonido. Ya lo había hecho en Szczuczyn. Practicó durante toda la semana. Cuando sacó el instrumento, todos se pusieron de pie. Colocó el cuerno al lado derecho de sus labios, apretó su lengua sobre la boquilla para soplar y elaborar un gemido largo. Continuó con tres evocaciones más cortas. Terminó con una cadena de sonido entrecortados. Recordaban la alianza con el patriarca Abraham y el compromiso con sus pactos sagrados.

El sonido del cuerno alegraba el espíritu. Marcó la entrada a los días de recogimiento. Era el comienzo de las fiestas altas. Se iniciaba el año cinco mil seiscientos noventa y ocho y el rezo se extendió hasta el medio día. Al terminar, los hombres envolvieron sus mantos sagrados.

Toda la colonia se encontraba en la sinagoga. La salida del rezo creaba una reunión social. La mayoría de los asistentes estrenaban, aun cuando fuera una prenda de la ropa que lucían. El comercio judío se cerraría por dos días a pesar de ser miércoles y jueves.

David se acercó a Jacob y Ruth.

—Vengo a desearles un feliz año, lleno de salud.

—Amén —contestó Jacob.

Jacob no se afeitaría durante los días de guarda. David sí; y Ruth percibió su olor a lavanda que se abría paso.

—Su mujer es una gran trabajadora, una artista en las vitrinas —dijo David.

Ruth observó el traje que estrenaba David de paño gris con una suave raya azul.

—Bueno, hasta el viernes —contestó el.

Los ojos de Ruth lo siguieron mientras se confundían entre los demás asistentes. Detalló su falda. La sintió sin vida.

Jacob cansado, dijo:

—Vamos a la casa.

Regresarían a pie, como demandaba la ley.

Secuencia 91

El domingo en la mañana tomaron el tranvía de franja amarilla y roja hacia Chapinero. Para los campesinos, que lo veían por primera vez, era una casa corriendo.

Jacob separó los centavos para los pasajes. Miró el letrero que decía: San Cristóbal-Avenida Chile. Lo pararon en la Carrera Trece, frente a la Escuela Militar. Durante el camino Ruth pensó en lo costosa que estaba la vida. Cinco centavos el periódico, el café y una cajetilla de cigarrillos Pierrot.

Era un día soleado. Ruth le propuso a Jacob que después fueran a caminar al lago Gaitán donde oirían valses de Strauss y la quinta sinfonía de Beethoven. El parque con su rueda de Chicago era anunciado como el Conny Island de Nueva York en la mitad de Bogotá. Jacob prefirió caminar por el parque que rodeaba la plaza principal de Chapinero, en donde encontró un local para librería. El tranvía con su rechinar avanzó por la Carrera Trece entre dispersas quintas de estilo inglés recién construidas: fincas; lotes baldíos y trigales. En Chapinero, Ruth se sintió en otro pueblo. Hombres enruanados y remontadoras de calzado marcaban el lugar. En la plaza tocaba una banda con sus instrumentos de viento y platillos que no cesaban de retumbar.

—¿Estás seguro que este es el mejor sitio para una librería? —preguntó Ruth.

—Es un lugar amplio. Ya verás qué barato —contestó Jacob.

Ruth no deseaba ser escéptica, pero entre más avanzaba menos comprendía la lógica del negocio con el que Jacob soñaba. Disfrutó los urapanes; la calle macadamizada le confería un encanto. El parque con el puente curvo, y su lago generaban una plaza central serena. La iglesia gótica repicaba las campanas para llamar a los feligreses a misa. Todo el pueblo se engalanaba con sus mejores trajes; algunos cargaban ollas para hacer el piquete dominical.

—¿No te parece mejor trabajar aquí, cerca del campo? El Rabí Bal Shem Tov, decía encontrar a Dios en los bosques y salía a rezar en los Cárpatos. El campo, ayuda a sentirse más cerca del Creador. Este es un sitio ideal de lectura y estudio —dijo Jacob, mientras respiraba profundo para llenar sus pulmones de aire—. ¡El negocio va a ser un éxito!

Cuando entraron en el local, los recibió una señora con fuerte olor a ajo. El local era amplio, pero las paredes húmedas.

—¿Estás seguro que este es un buen sitio para colocar libros?

—Esta pieza es ideal para la tertulia, que será el "gancho" del negocio. Todo judío que llegue a la ciudad vendrá a buscarnos. Después de la sinagoga, continuarán las discusiones en la "Librería Israelita". Venderemos café y ganaremos algo extra. Y tú podrías atender la cafetería.

Ruth miró los vidrios sucios que cerraban las pequeñas ventanas rodillonas.

—Chapinero se volverá en el futuro un pueblito judío

—dijo Jacob.

Ruth no estaba segura, pero quiso apoyarlo. La casa: de dos pisos con teja de barro; alero a la calle; portón; zaguán y patio de tinaja y aljibe. Alquilarían las piezas que daban a la plaza. El olor a encerrado mareó a Ruth. Jacob añoraba el olor a madera curtida de la librería de Szczuczyn. Ruth quería salir. No toleraba la pesadez del aire.

—¿Y el doctor cuándo piensa alquilar las piezas?... Para que lo tenga seguro, hay que dejar un platica de finca. Siempre vienen clientes a mirar el lugar. Pero yo les digo que lo tengo apartado para un extranjero de Bogotá —dijo la dueña.

Jacob le entregó un peso a buena cuenta sobre el primer arriendo.

—¿Estás seguro que este es el mejor sitio? —preguntó de nuevo Ruth al verlo sacar el dinero. ¿No será preferible ver otros lugares, en vez de afanarse y quedarte con el primero?

—¡Sha! ¡Qué sabes tú de libros! ¡¿Porque haces unas vitrinas crees que sabes de negocios?!

Ruth quedó cortada. Dejó que continuara en su transacción. Caminaron algunas cuadras hasta que tomaron de nuevo el tranvía. Ruth se mantuvo callada el resto del trayecto. Se bajaron en el restaurante "Tout Va Bien", porque Jacob decidió comprar un arenque en salmuera para que Ruth lo encurtiera. En la revuelta del tranvía esperaron otro que los llevara a casa. Ruth observó las montañas altas y majestuosas. Por primera vez le fabricaron una sensación de encierro y soledad.

Secuencia 92

Anochecía. David abrió el almacén por la mañana, salió y dijo que no demoraba. Ruth comenzó a afanarse. No dejaba de pensar en él. Se repitió una y otra vez que era una mujer casada, decente. En los últimos días intentó asumir una actitud fría, para protegerse, pero siempre una broma de David rompía el hielo. En forma compulsiva buscó esconderse en el trabajo, pero David la encontraba. Al hablar los ojos se consumían.

...¿Por qué demora tanto?...

Secuencia 93

Por la lavanda, Ruth supo que David había llegado. Se preguntaba qué hacía. ¿Por qué no había bajado en la mañana de su oficina? Tenía deseos de verlo. Pensó en algunas excusas para subir al mezzanine, pero se aguantó. Solo por la tarde apareció David en el primer piso; se dirigió a Ruth para decirle en yiddish:

—Te voy a pedir un favor... No, mejor no.

—En lo que pueda ayudar, con gusto —contestó ella ansiosa.

—No, no estoy seguro. No quiero comprometerte...

Ruth insistió en el deseo de ayudarlo.

David le dijo que tomara su abrigo. Ruth se dirigió al fondo del almacén. Entró al baño, cepilló su pelo. David encargó a Alicia de todo.

—Necesito que me ayudes con un cargamento de osos de felpa, que acabamos de recibir.

—¿Osos de felpa? —preguntó Ruth extrañada.

—Ya te explicaré —dijo él—, debemos acomodarlos en el carro. Es importante que no se confundan en el conteo. Por eso necesito a alguien de confianza que me ayude.

"...¿Contar osos de felpa?...¿Alguien de confianza?..."

Ruth no acababa de comprender, pero tampoco quiso indagar. Se dirigieron al oriente. Ruth observó las manos de David que golpeaban con nerviosismo la cabretilla del carro. Fue ella quien buscó romper el hielo.

—Unos ositos de felpa, no irían mal en la vitrina.

David sonrió y contestó:

—Son ositos especiales. Los osos no me pertenecen. Son de Saúl. Soy socio del relleno de los osos, pero si quieres uno, con gusto lo conseguiré.

—¿Relleno de los osos?... ¿De qué habla?
—Debemos contarlos con cuidado. Son cien en esta remesa. Es preciso que no se pierda ni uno. Nos van a querer confundir. Conozco a esa gente... Después los guardamos en mi apartamento.

"...¿Guardarlos en su apartamento?... ¿Osos de felpa?..."

Bajaron por la Avenida Jiménez. David tocó el claxon en cada esquina. Gotas de agua marcaron las aceras. Los paraguas florecieron mientras la gente aceleraba sus pasos.

Secuencia 94

Llegaron a la bodega que abrió sus puertas para que el carro entrara en un vientre oscuro. Un hombre cuya panza rompía los botones de su camisa salió a recibirlos mascando un tabaco. Saludó a David. Ruth no dilucidaba qué vendían o qué se almacenaba en el lugar. Guardó silencio. La intimidaron la tierra pisada y el techo de zinc. Era evidente que no era una bodega de telas. Alcanzó a ver cuando David le entregaba un billete al hombre, para luego acercarse de nuevo al carro.

En el baúl aliñaron cuarenta y ocho muñecos y fue necesario usar la silla trasera del automóvil para el resto. Ruth y David se mantuvieron atentos al número. Contaron tres veces hasta estar seguros de que estaban todos ahí. Ruth se sorprendió cuando entregó un billete de cinco pesos a los muchachos de propina.

—¡Cinco pesos! ¡Tanto!

En el automóvil, con David estuvo tentada a preguntar por el misterio que se tejía alrededor de los osos. No se atrevió. David manejó el carro a una velocidad poco común en él. Por lo general era cuidadoso en las esquinas. Quería llegar lo antes posible; a pesar de la lluvia intensa, logró esquivar los charcos y transeúntes. Cuando arribó a su apartamento dijo:

—Estamos de suerte.

Estacionó el vehículo en frente a la puerta principal. Ruth sacudió su traje verde que se mojó en la bodega. El marido de la portera, estaba recostado en la cama. David lo llamó. Colocándose una camisa raída, salió a ayudarlos. Era delgado y pequeño. Su bigote de puntas anaranjadas por la nicotina del tabaco que exhalaba, lo hacían ver endeble. A pesar de ello, acomodó un buen número de osos en una caja que colocó sobre sus hombros. Subió las escaleras como si tuviera alas. Su agilidad permitió desocupar el carro en minutos. David le entregó cinco centavos. Ruth esperaba que de ahí salieran de nuevo para el almacén. David insistió en que siguieran al apartamento.

"... Una mujer decente no entra al apartamento de un hombre soltero..."

—Sigue, necesitamos trabajar, dijo.

Ruth titubeó. No supo cómo actuar. David con amabilidad fue abriendo la puerta del carro para que se bajara. Ruth quiso explicarle que no estaba bien que entrara en su apartamento, pero se encontró detrás de sus pasos. Subieron al último piso de la construcción afrancesada. Cuando David cerró la puerta, preguntó si le gustaría tomar algo. Ella contestó con sequedad:

—No, gracias. ¿No es hora de regresar al almacén?

Secuencia 95

Le entregué a Jacob las copias de los radios dirigidos al Consulado de Colombia en Varsovia que decían:

Consulbia-Varsovia.

Sírvase visar pasaporte ciudadano polaco Yoshua Fishman, profesión mecánico agrícola.

El Ministerio había dado la orden por todas las embajadas que no visaran comerciantes.

—¿Mecánico agrícola? —me preguntó Jacob extrañado

al ver el cable—. No creo que mi cuñado jamás haya manejado una máquina:

—Ahora le prohíben la entrada a los comerciantes, porque compiten con los nacionales. Algunas compañías han presionado para que se les prohíba la entrada al país. Por eso presenté ante el Ministerio a tu cuñado como mecánico agrícola; es una de las profesiones aceptadas. La consideran necesaria para el desarrollo nacional. Entonces, que sea mecánico agrícola. Lo que no está permitido, es vararse. No te preocupes, cuando llegue a Bogotá, nadie le va a hacer un examen de conocimientos.

—¿Estás seguro?

—Trajimos a Ruth, ¿no es cierto?...

Caminamos hasta el Banco de la República sobre la Calle Florián. Al lado quedaban las oficinas de la Marconi Wireless Telegraph. Entramos el edificio. Jacob envió otro radio al cuñado, avisándole que podría recoger los pasajes en la Holand American Line. También le despachó unos dólares. Le permitirían a Yoshua pagarle al cónsul. Tenía por costumbre retener los cables: sin dinero no entregaría las visas.

Seminario 96

David hizo el ademán de ayudarla a quitarse el abrigo.

—Tengo frío, prefiero estar así.

El tintineo de la lluvia parecía agrandar la ciudad.

—Para este tipo de frío lo mejor es un vinito caliente. ¿Le gustaría una copa?

—No gracias.

—En Europa durante el invierno siempre preparaba vino para la familia. Tengo una receta mágica que debe probar. Hace milagros.

Ruth recordó el viejo hogar y como, durante los inviernos, su familia también calentaba vino. Le encantaba el olor a canela.

—Pero, solo uno.

—Entonces espéreme aquí, ya vuelvo. No se me vaya a perder pues tenemos que trabajar —dijo David.

Ruth contempló su alrededor. Notó el apartamento amplio, pero desapacible. Le faltaban detalles. Pensó que la mano de una mujer podría hacer milagros.

En la cocina David preparó el vino con una buena porción de: ron; canela y clavos de olor. Humedeció el borde de las copas. Las adornó con azúcar.

Secuencia 97

Jacob estaba seguro que en la barbería perdería por lo menos hora y media. Debía ir a San Cristóbal y luego a Barrios Unidos para cobrar unas cuotas; pero tenía el pelo largo. Sus crespos comenzaban a incomodarlo para el rezo. Por la hora supuso que no encontraría a nadie conocido. Si quería toparse con alguien, el mejor momento era el final de la tarde. Apenas eran las dos y media. Pensó que si existía alguna hora para que Gonzalo no tuviera excusas para atenderlo, era esa. Le extrañó encontrar a Saúl, quien estaba sentado junto a un hombre alto delgado que lucía un corbatín y que sacaba un pañuelo a cuadros de su bolsillo para limpiarse la nariz. Jacob alcanzó a escucharlos hablando alemán, pero en el momento en que los saludó, los dos decidieron hablar en español.

—Don Hermann, le presento a un amigo —dijo Saúl al saludar a Jacob.

—Mucho gusto

—Gonzalo, ¿demora mucho?, estoy de afán —preguntó Saúl.

—Ya acabo. Además sigue don Jacob —contestó Gonzalo—. Si quiere don Jacob por qué no les hace compañía. Siéntese aquí no más, como todos ustedes hablan igualito.

Jacob le preguntó a Rullhusen de dónde venía.

—Venezuela.

—Pero, habla usted alemán.

—Vengo de Venezuela.

Jacob intentó continuar la conversación por matar el tiempo, pero recibió respuestas frías y parcas. Tanto Rullhusen como Saúl parecían incómodos. Querían salir de la barbería. Rullhusen terminó primero. Antes de partir se despidió de Jacob en español.

—¿Quién es?

—Un tipo que conocí, olvídalo —contestó Saúl sin darle mayor importancia para entrar a otro tema.

Secuencia 98

—Le recibo el abrigo —dijo cuando terminaron la primera copa.

—Pero, no nos vamos a demorar. Vamos a trabajar.

David regresó de la cocina con las copas llenas. Con una navaja, empezó a abrir las costuras de los muñecos de felpa y a extraer de sus entrañas pieles.

Ruth creyó estar en medio de un sueño, atrapada en un enjambre de osos. En ese momento sintió que su propio destino era un juguete. David, igual que un mago que saca de su cubilete pañuelos de seda, lanzaba pieles de astracán para que se deslizaran sobre el piso. Corderillos rizados y tersos llenaron la sala. Las pieles entrelazaron ambivalencias sedosas. Ruth se halló prendada en el corcoveo de las capas plegadas. El vino; el ron; los clavos; la canela y el aroma de lavanda minaban sus resistencias.

Sentados en medio de osos y pieles, David le entregó un astracán de pelo gris, para que lo acariciara. Habló de nuevo de su amor. Ella le rogó silencio. Él insistió:

—Estas pieles nos unen. Nos atan para siempre.

—Si continúa, me voy.

—No. Por favor… Te lucirían puestas.

—No son…

—Me gustaría verte rodeada de ellas —comentó él, mientras sus dedos la rozaron.

—No está bien…

—Quiero brindar por ti. Por el día en que entraste al almacén.

—Por favor, no… —dijo Ruth mientras tomaba otro sorbo de vino, que la hizo cerrar los ojos, y permitió que las caricias de las palabras la recrearan, mientras sus dedos recorrían las pieles. David se acercó a ella para quitarle la copa. Su loción la embriagó más que el vino.

—No… es una locura…

—Te quiero…

La respiración se hizo profunda. El aroma de los deseos los rodeó. David insistía, Ruth se negaba. Cerró los ojos para evadir la conversación, pero dejó que las adulaciones la arroparan. Quería resistir. Las fragancias de la tarde la envolvían. No supo cuándo, pero descubrió que lo abrazaba. Él mordía sus labios con dulzura.

Los dedos los precipitaron sobre remolinos de vellón negro enroscado. El roce de sus labios despertó los asustados pechos de Ruth que esperaban abrirse como amapolas y entregar su néctar. Gimió frente a la barba de espigas violetas, para retoñar como la canela que ofrece su aroma picante. David la olfateaba en la conquista de la nuez moscada. Era un hojaldre que se rendía capa a capa: un almorí que esponjaba frente al calor de David que la amasó entre su boca para que el jengibre multiplicara los deseos. La llevó paso a paso a pedir leña que avivaría el horno de los sueños. La atrapó entre osos colmeneros que confabularon para encender el panal. Sintió las uñas que marcaban al penetrar las especias. Los retozos guiaron el opio que regó la miel, que fermentó en ardientes jadeos. El filonio que destilaron sus cuerpos curtió las pieles y anhelos.

Al abrir los ojos, Ruth recogió su ropa para correr al baño. Se vistió de prisa. Al reconocerse en el espejo, a pesar de la sensación de plenitud que todavía la embargaba, no soportó su propia imagen. Sintió que un extraño cambio había operado en ella: examinó sus ojos y labios. Sacó del bolso un cepillo para peinarse, pero fue incapaz de hacerlo. Detallaba el baldosín; la brocha de afeitar con la espuma seca al lado del jabón; la cadena que encendía el bombillo. No quería abrir la puerta. El pudor la abrazó. Giró con lentitud el picaporte. Salió sin despedirse.

Secuencia 99

La lluvia la castigó a lo largo de la travesía. Bajo un alero intentó esquivar las gruesas gotas de agua que caían sobre el abrigo.

"…¿Por qué?…"

Quiso regresar a casa; pero era temprano. Pensó que la Baum y la Eisenberg sospecharían: su rostro podría delatarla. Prefirió, a pesar de la lluvia, seguir en la calle. Fue a la Pastelería Florida. Pidió un chocolate que le sirvieron con un pedazo de queso que rompió en pequeños trozos y dejó caer en la tasa humeante. Miró el lugar donde ella y David acostumbraban sentarse. No era la misma. Se sentía sucia, perversa, deshonesta. Cualquiera era capaz de entreverlo: sus ojos eran espejos que todo lo reflejaban. Siempre soñó con el amor. Lo disfrutó: y eso era lo peor. Le dio miedo el olor a lavanda, que se entrelazaba en su pelo. Debía pagar las consecuencias. La imagen de su padre la fustigó; no quería recordarlo. En forma lenta bebió el chocolate. Sonrió, al sentir el queso derretido en sus labios. No comprendía qué sucedía. No lograba desentrañar el nudo de sentimientos que la invadía.

David corrió al almacén. Preguntó por Ruth.

—¿No estaba con sumercé? —dijo Alicia.

—Sí, pero la mandé a hacer otra diligencia —contestó, pero ni él mismo creyó sus palabras—. Ya regreso.

Eran las seis. La noche pareció tomar en forma prematura a la ciudad.

"...¿Dónde estará?..."

Recordó sus labios. Era encantadora con su cabello suelto y sus ojos que se agrandaban con las caricias. David renacía, a pesar de la lluvia y de la tarde gris.

Secuencia 100

Al salir de la pastelería, Ruth se dejó invadir por la lluvia. Necesitaba someterse a ella como expiación. El agua la bañó.

En casa, la señora Baum, al verla, con el pelo mojado, el sombrero en la mano, su cara lívida, igual que una sábana, la ayudó a quitarse el abrigo. En una cantaleta amigable la regañó:

—La salud viene primero. Si después te quieres ahorcar, es cosa tuya.

La envió a que se cambiara de ropa, mientras preparaba un vaso de té.

—Dios manda las gripas de acuerdo con la ropa que usas —replicó la Baum.

La cara de Ruth recordaba un día de duelo; a duras penas pronunció palabra. Los escalofríos que recorrieron su columna vertebral anunciaban fiebres. Sus ojos enrojecidos encontraban una justificación gracias a los estornudos y a la tos que se apoderaron de ella.

Gladys, la ayudó a calentar una olla de sopa, para la comida de Jacob.

La Baum notó que sus mejillas y cara se alargaban. Fue la primera vez que tuvo la sensación de verla desgreñada.

—Toma. Cuando hay cura para los problemas, son males a medias —dijo la Baum.

Al llegar Jacob, habló sobre la librería y cuándo esperaba el embarque de libros.

—Todo demora —refunfuñó.

Antes de acostarse Ruth quiso bañarse, Jacob al oír su voz cascada lo creyó inapropiado. Al contemplar sus ojos enrojecidos puso la mano sobre su frente: tenía fiebre.

—No debes bañarte.

—Estoy sucia.

Logró convencerla de que era preferible limpiarse con paños de alcohol. Propuso colocarle unas ventosas. Ruth sumió su cara entre las almohadas de pluma que hizo su madre. Eran como pechos blandos, mullidos y cálidos en los que intentó consolar su desamparo.

Jacob construyó un pequeño hisopo, que prendió con alcohol. Calentó los vasos que puso sobre la espalda desnuda de Ruth. La cubrió con la cobija de plumas dejándola recostada boca abajo. Las ventosas absorbían los líquidos en ella. Comenzó a llorar. Jacob pensó que le dolían e intentó explicarle que pronto todo concluiría. Sentía la fiebre todavía alta. Ruth oía los latidos de su corazón. La sangre circulando dentro de su carne.

Secuencia 101

Ruth amaneció con fiebre. Jacob le dijo que en esas condiciones no debería ir a trabajar. Le extrañó oírla contestar que prefería quedarse en cama. Pensó llamar a un médico. Ruth le dijo que la señora Baum se encargaría de ella.

—Es importante recoger el dinero que tenemos en la calle —explicó Jacob antes de partir.

Ruth sonrió. Le aseguró que todo estaría bien. Cuando Jacob dejó la pieza, fue al baño. Se paró frente al espejo: divisó unas leves arrugas de cansancio sobre sus ojos, que no había percatado hasta el momento. Todavía se sentía sucia, pero no lograba comprender a cabalidad qué le sucedía.

Abrió su boca: miró sus dientes. Creyó estar frente a un espino seco que prendía con cualquier fuego. Se sacudió como si fuera una brasa cubierta por ceniza. Encontró su lengua pastosa como si hubiese tragado una piedra. Estaba desalentada, sin poder hablar. Entre más revisaba su cuerpo, daba la impresión que la habían vencido; pero en la derrota, también era la triunfadora. Se juzgaba como una esponja estrujada. Confundida por el tedio, advirtió en el fondo de sí misma una ternura dolida.

"...Soñar es tu mayor pecado... Te empeñas en soñar. ¿Pero qué buscas?"

Había aceptado su destino de esposa. En su soledad imaginaba un gran amor, que aparecía con un rostro impreciso.

"...Siempre deseaste ser prisionera de unas caricias... querías que te llamaran, "pequeña mía"..."

Sin comprender por qué una alegría embriagadora la aprisionó y una libertad extraña dibujó una sonrisa, que surgió en el espejo.

"...¿Por qué no puedes hablar conmigo?... Todo lo que digo te molesta..."

Pensó en las caricias de la noche. El espejo enfocó su cara de peregrina que buscaba en vano una ruta, un camino mejor. Estaba perdida. La tradición no era un refugio. La familia: unas cartas. Las certezas desaparecían.

Secuencia 102

Ruth comenzó a arreglar los rollos de crespones. Su ausencia por tres días preocupó a David, pero no se atrevió a preguntar qué le había sucedido. Al escuchar su voz, bajó del segundo piso y se acercó a saludarla con una sonrisa. Fue parca en su respuesta y continuó con el trabajo. David a los pocos minutos, la llamó a que lo acompañara a su oficina. Ruth contestó que si no era urgente prefería arreglar las sedas.

—No, no es urgente...

David subió. A las diez y media la encontró aún con los rollos.

—Te invito a tomar medidas nuevas en el Hotel Granada.

Ruth explicó que no había terminado de arreglar el pedido. David se sintió nervioso. Recorrió la planta baja; la vigiló, pero no halló las señas que antes descubría en sus ojos. No supo cómo debía abordarla. Llamó a Alicia a su oficina. A los pocos segundos bajó con un mensaje de David para Ruth:

—Que si por favor sube que don David la necesita.

David estaba frente al escritorio.

Ruth dejó la puerta abierta y David se paró a cerrarla. Cuando regresó a su escritorio abrió la gaveta del centro. Sacó un pequeño cofre de terciopelo negro. Se lo entregó orgulloso: era un anillo con un diamante en el centro. Ruth lo vislumbró indecisa.

—Es de oro blanco. El diamante, de quilate y medio —dijo—. Conmigo vivirás como reina. Todo será tuyo. Nos casaremos e iremos a Nueva York.

—Te agradezco...

—No tienes que agradecerme. Vas a tener lo mejor. Dejarás el papel de cenicienta. Por lo de tu divorcio, no te preocupes, que si Jacob se niega, arreglaremos un precio. Cueste lo que cueste, lo pagaré. Quiero darte todo. Para algo voy a ser uno de los hombres más ricos en la colonia. Por qué no escoges desde ahora, mi amor, el abrigo de piel que más te guste... ¿Cuánto puede valer un contrato matrimonial? No tienes de qué preocuparte.

Ruth se sintió como el objeto de otra transacción comercial.

"...¿Cenicienta?..."

Recordó a su padre y a Leiser Hersh. La volvían a vender y a comprar. Pasaba de una mano a otra. Todo estaba decidido: los hombres daban los divorcios y compraban contratos matrimoniales. Miró el anillo: era bello. Lo dejó sobre el escritorio.

—Es mejor que me vaya.

—Eso, baja, escoge el abrigo de astracán que más te guste...

—No. Te agradezco. Has sido especial, pero es mejor que me vaya. Sé que te gustaría darme una vida mejor, que has sido generoso, pero no puedo.

—No entiendo... ¿Qué quieres entonces? —dijo David molesto ante el rechazo.

No contestó. Se sintió perpleja. No sabía qué hacer. Dio media vuelta y bajó la escalera.

Secuencia 103

Ruth caminó rumbo a casa. Pensaba en David cuando se detuvo frente a una vitrina. Le llamó la atención un vestido de tafetán liso estampado en flores rosadas. Examinó su traje negro: quería verse diferente. Le gustó el traje deportivo de franela clara, su delantero prendía por medio de un cierre relámpago y carecía de mangas. La acabó de seducir el cinturón rojo ciclamen cortado con sesgo de terciopelo drapeado, anudado con dos cocas flexibles. Entró. Descubrió que la tela del traje era una mezcla de lino y lana. Sabía que la unión de las dos fibras estaba prohibida por la religión. La sedujo el vestido.

El resto del día fue como una oruga que dejaba su antigua piel. Subiría sus brazos como alas de mariposa, para que se deslizaran sobre ella las nuevas texturas y colores. Disfrutó midiéndose uno y otro traje. Probó unas chaquetas largas, sin cinturón que se apoyaban al cuerpo. El corte vago en la parte superior resaltaba su busto, ajustándose luego sobre la región de las caderas. También lució unas faldas cortadas en forma de corselete, con boleros en extremo cortos. Hasta se midió unas capas de doble pelerina en lana roja .

Empacaron todo lo que compró en dos cajas redondas.

Secuencia 104

Gonzalo estaba sentado con su chaqueta blanca y su guitarra cuando Jacob llegó por la tarde a la barbería. Pensó que a esa hora encontraría a alguien con quien hablar, pero estaba desocupada. Uno de los barberos recogía con una escoba cabellos del suelo. Gonzalo afinaba las cuerdas. Jacob imaginó que la espera sería eterna.

—Ya vuelvo...

—No, espérese don Jacob que ya le atiendo.

Gonzalo guardó la guitarra en un estuche y giró la silla para que Jacob se acomodara.

—Que tal. ¿Ya empezó la librería?

—Todavía no, pero los libros me llegan esta semana.

—¿De dónde vienen?

—Argentina.

—Entonces don Jacob no los trajo de Alemania.

—¿Alemania? ¿Sabe qué le deseo a los alemanes? Que crezcan como cebollas, con sus cabezas en la tierra.

—Uy, don Jacob, pero don Saúl y don David hacen negocios con ellos. Usted no vio el otro día a don Saúl con don Hermann. Aquí vienen Vogel, Nicolaus y Rullhusen. Hacen negocitos con don David y don Saúl. Por cierto fue don Karl quien me dijo que eran nazis y vendían pieles. Como que astracanes.

—¿Qué?

—Pues sí. ¿No me diga que usted no sabía? Si es tan amigo de los dos. ¿Y su mujer no trabaja con don David? Yo estaba seguro que usted también hacía negocitos con ellos.

—¿Astracanes?

—En este sitio se hacen muchos negocios. Viene mucha gente. Pero en boca cerrada no entran moscos. ¿Me entiende, don Jacob?

Secuencia 105

Ruth no resistió la tentación de lucir el traje blanco con chaleco de grandes solapas que se abría sobre plastrones drapeados de lencería transparente, cuya apariencia de frescura anunciaba una ocasión festiva. Le enseñó el vestido a la Baum, quien comentó:

—Un traje bonito le luce a una mujer bonita. Yo me pongo algo así y quedo como un caballo.

Ruth sonrió.

"...¿Qué le preparo a Jacob para la comida?..."

Pensó que le gustaban los *blintzes* y decidió hacerle unos. El proceso era dispendioso, pero no le importó. Debía preparar las frutas de sartén, para luego rellenarlas. Sería una comida preparada con productos lácteos. Entre más delgada y fina fuera la fruta de sartén, mejor quedaría y sería más fácil envolver la masa. Tenía tiempo. Ruth los preparó en abundancia.

Hubiesen podido comer seis personas. Mientras la masa se freía en el sartén, y batía el relleno de queso crema y canela, se preguntaba.

"...¿David?...¿Jacob? ..."

No lograba definirse. No quería ser objeto de otro negocio. David la atraía. Y sin embargo, Jacob era su familia... Jacob llegó furioso por lo que escuchó en la barbería. La encontró todavía en la cocina y la llamó a la pieza. Ruth se quitó el delantal. Al verla con el vestido que llevaba puesto grito:

—¡Esa no es ropa para una mujer decente! Así visten las mujeres de la calle.

Ruth lo miró y con firmeza contestó:

—¡Me vestiré como yo quiera!

—¡Yo soy el hombre de esta casa. Se hará lo que yo diga! ¡Te sales ya de ese lugar donde trabajas!

—Si me crees una mujer de la calle porque estuve con

otro, la culpa es tuya —contestó Ruth dándole la espalda.

A Jacob le sorprendió la frase. Protestaba por el contrabando de pieles.

"...¿Con otro?..."

—¿David?

—No importa quién es; pudo haber sido cualquiera. Alguien que me respetara más.

Jacob quedó atónito. Un silencio que lastimaba las paredes invadió el cuarto.

—¿No te doy todos los días para el mercado? ¿Pasaste hambre alguna vez? ¿Alguna vez te he pegado o pensado siquiera en levantarte la mano? ¡Eres una basura! —dijo Jacob.

A Ruth se le llenaron los ojos de lágrimas y lanzó desde sus entrañas:

—¡Y tú peor de lo que imaginé! ¡Lo único que quise fue un poco de atención! ¡Eres un egoísta! ¡Y yo creí, que te preocupabas por los demás! ¡Mentiras! ¡Todas son mentiras! ¡Tus devotos golpes de pecho, no me convencen! ¡Estoy cansada de vivir en un mundo donde otros deciden; estoy cansada que me dejes sola frente a la Eisenberg y me humilles! ¡Si quieres cásate con la Eisenberg! ¡Ve cásate con ella, que parece ser más importante que yo! ¡Estoy cansada de vestir como quieres que vista! ¡Ni mi madre me obligó a eso! ¡Nada de lo que digo te interesa! ¡Me humillas gritándome! ¡Para ti, no soy nada! ¡Jamás has visto una de mis vitrinas, siquiera para saber cómo son! ¡Para los demás soy gente, pero para ti no soy sino una cosa que te sirve comida y limpia tu ropa!...

Ruth continuó enumerando sus dolores como fichas de dominó y levantaba una fila armada por el rencor, que ahora hacía caer una a una. Jacob la interrumpió gritándole:

—¡En la Biblia a las mujeres como tú, las lapidaban!

Secuencia 106

Jacob partió lanzando la puerta con fuerza. Marcaba las palabras que salían de su boca:

—¡Dios mío! ¡Dios mío! Qué hice para merecer esto. ¡Señor, nadie entiende tus destinos! ¡Castigas a los que respetan tu nombre!

Jacob avanzó sin rumbo. Las gentes a su alrededor eran estatuas vivientes que articulaban gestos y gemidos. Un paralítico con sus tablillas ambulatorias castigaba el edén. El bobo del tranvía, daba paso por la línea férrea con su uniforme raído. Un mutilado aprovechaba sus muñones para explorar la caridad ajena. El zorrero golpeaba con un rejo a su animal escuálido. Una gallada de gamines jugaban con monedas contra una pared. Un esmeril afilaba cuchillos mientras su dueño anunciaba los servicios que prestaba. Las campanas de la parroquia repicaban con un tañido monótono. El polvo se arremolinó.

"...¡Para qué vine!... ¿Para qué viene a estas tierras?... ¡Nunca debí dejar Szczuczyn!..."

Pensó en Saúl y su rabia se multiplicaba.

"...¡Al fin y al cabo son primos!...."

Recordó su travesía en el barco: la emoción de Saúl; el mareo. Volvió a sentir el movimiento y que el piso por donde caminaba se tornaba endeble.

—¡Para qué le hice caso!... ¡Por qué!

El viento ayudó a que la noche calara. Entre más caminaba, su cabeza daba vueltas como un carrusel, para retornar al mismo punto.

Jacob sintió frío. Se encontró cerca de la pensión de doña Gertrudis: no regresaría esa noche a la casa. En la pensión, doña Gertrudis lo reconoció.

—Don Jacob, tiempos sin verlo.

Jacob a duras penas logró saludarla. Los clientes ya habían terminado de comer.

—¿Le ofrezco un café?

Jacob lo agradeció. Aun cuando no había comido, el hambre no lo castigaba.

—¿Y todavía vende las mantas y paños o ya cambió de línea? —preguntó doña Gertrudis.

—Lo mismo —contestó Jacob, quien no deseaba en verdad conversar, sino estar ahí, acompañado, en silencio.

Doña Gertrudis intentó hablar pero se excusó al darse cuenta de que solo emitía monosílabos.

—Perdóneme, don Jacob, usted sabe, siempre tengo oficio que hacer.

—Doña Gertrudis, ¿me alquilaría un cuarto por esta noche?

—Tengo libre el del patio, al fondo. ¿Si no le incomoda?

—Está bien.

—¿Y su ropa? no me diga que se la volvieron a robar.

—No, no...

Doña Gertrudis le entregó la llave. Jacob encendió el bombillo y cerró la puerta. Encontró el cuarto sin detalles. De pronto, se dio cuenta que la pieza donde vivía con Ruth, estaba llena de pequeños toques, que le conferían vida: un florero; las cortinas; el visillo en el respaldar del sillón; la antecama.

"...Ruth... ¿egoísta?... Qué quiere de mí... Le doy todo lo que gano... No entiendo... ¿Qué más quiere?... ¿Me he ido a la calle a buscar mujeres, como otros que conozco?... ¡Ay Dios!... ¿Por qué?... Divórciate..."

Nunca en su familia se habían divorciado. Lo humillaba la idea de cortar el contacto matrimonial, romper con un compromiso sagrado. Sus ojos ardieron y empezó a respirar profundo. Al recostarse no se quitó el saco. Tampoco apagó la luz. Las imágenes lubricadas por sus lágrimas, giraban sin cesar.

"...¿Por qué?... ¿egoísta?... ¡no entiendo!... ¿divorcio?... No..."

Al día siguiente con su ropa arrugada, barba sin afeitar, decidió que debía regresar a casa por sus filacterias si quería rezar. En el comedor doña Gertrudis le ofreció un agua de panela con queso, que agradeció pero no aceptó.

Secuencia 107

La señora Eisenberg al verlo exclamó sorprendida:
—¡Qué pasó!
Jacob no respondió. Se dirigió a la pieza: golpeó la puerta. Ruth abrió. Ninguno de los dos prenunció palabra: fue a recoger sus filacterias que guardaba en una bolsa de terciopelo azul con una estrella de David bordada con oropel en el centro. Miró a Ruth: sus ojos se aguaron.
—Sabes, estuve con el doctor Nieto revisando la venida de tu hermano y me dijo que la próxima semana recibiremos un cable de la embajada con la aprobación de la visa. Lo registramos como mecánico agrícola. Si decíamos que venía de comerciante, se la hubieran negado.
Ruth se dio vuelta.
—Estrenas otro vestido —comentó Jacob— un color vivo... pero, bonito...

Secuencia 108

Era el segundo día de la fiesta de guarda. Jacob se dirigió con Ruth a la sinagoga. Ella parecía ir y venir en cada paso.
—Se nos hace tarde —dijo Jacob—, necesitamos llegar.
En el camino Jacob habló de la librería y cómo ahora pensaba traer discos en yiddish de Nueva York. A pesar de que a Ruth le gustó la idea, no supo qué contestar.
"...David...¿Lo quiero?... Jacob..."
No sabía responder sus propias preguntas. Intentaba colocarlos en una balanza y vacilaba. David la atraía, pero no quería herir a Jacob.
Según la ley era una día de regocijo: se cumplía el fin

de la lectura de la Tora. No eran muchos los días en que el mundo judío se permitía el alborozo. Era una alegría por decreto pero según Jacob, un día especial.

Cuando entraron Rubinstein, el háber de la sinagoga, arreglaba la mesa del fondo para el banquete que ofrecía al terminar el rezo. Jacob encontró la aljama mínima para empezar la ceremonia.

Sobre la mesa: manzanas almibaradas para los niños que asistieran al oficio. En una esquina, botellas de aguardiente y vino. La comida era abundante, más que lo acostumbrado.

Ruth continuaba en el debate de sus sentimientos. Vio a Gershon, lo que significaba que Samuel también estaba presente. Pensó en la oferta de matrimonio de David, pero...

Preguntaron quién debía dirigir el rezo. Rubinstein propuso a Jacob.

De repente David entró a la sinagoga. Su presencia la sorprendió. Revolvió la tarta de sus dudas. No asistía por la general a los rezos. No debía venir por la fiesta, a pesar de que concurría más gente que lo acostumbrado. Al verlo entregar unas latas de sardinas, una botella de vino y aguardiente para el banquete dedujo que conmemoraba el aniversario de la muerte de su padre.

Jacob sintió la sangre en la cabeza y no aguantó la tentación de confrontarlo:

—Estuve en la barbería y me contaron con quienes hace negocitos. ¡Hablemos de sus socios! ¡Con razón le va tan bien! —impugnó Jacob.

—Bueno, ¿y desde cuándo acá tengo que darle cuentas? ¿Quién se cree?

Rubinstein los interrumpió.

—Jacob, ¡ve a rezar!

Aún molestó Jacob sacó el taled y cubrió su cabeza para pronunciar una barahá.

Los asistentes discutían sus negocios. Los niños jugaban de un lado a otro, hecho que incomodaba a Jacob, pero al ver que David reía, gritó:

—¡Shaaa! ¡Respeto! ¡Estamos en un rezo!

"...¿Quién se cree ese cornudo?... A mí que no me venga a tallar, porque va a descubrir con quién se metió... Que pereza discutir con rezanderos... los negocios son los negocios. Y punto..."

Jacob continuó con las oraciones más rápido que de costumbre. Era la primera vez que quería terminar a toda velocidad.

"...¡Haciendo negocios con los nazis!..."

—¡Un poco más despacio! —alcanzó a escuchar Jacob entre los asistentes. Sin embargo, mantuvo el ritmo que se impuso, a pesar de que no iría a trabajar ese día.

Ruth los observó. Sus sentimientos se mecían como postigos que cierran el paso de la luz. Se encontraba desorientada como en medio de un bosque. Por un lado la lealtad y por el otro el deseo. Advertía su confusión dolorosa que no le permitía separar con claridad las figuras. Los dos de apoderaban de ella, obligándola a olvidarse: los contempló para buscar una respuesta, pero sintió más punzante el arpón de la duda.

Al concluir el rezo todos pronunciaron la frase:

—"Sé fuerte, sé fuerte y seamos fuertes también".

Los asistentes doblaron sus taleds mientras Rubinstein los invitaba a seguir a la mesa y brindar por la memoria del alma del padre de David. Se congregaron, e hicieron libaciones por el difunto. Jacob tomó una copa de aguardiente. El licor se servía una y otra vez. Algunos asistentes reían. David agradecía las libaciones. Volvían a levantarse las copas. Jacob se sirvió otra. La fiesta estaba acompañada de una tradición báquica y bebieron sin miedo o pena. Cuando David empezó a despedirse, Jacob con una copa en la mano levantó su voz para que todos escucharan:

—Brindo a la memoria de su padre, que tenía alma judía. ¡Estoy seguro que se revolcaría en la tumba si supiera con quiénes hace negocios su hijo! ¡Aquí pocos saben de dónde vienen sus astracanes! ¿Por qué no nos cuenta a quiénes les compra las pieles? —dijo mientras tomó el trago.

David miró a su alrededor y sin titubear contestó:

—¿Quiere saber el origen de los astracanes? Pensándolo bien, para usted debe ser importante, ya que es la piel de un animal que no tiene cuernos.

—¡Usted es un contrabandista! ¡Y hace negocios con los nazis!

—¡Más bien cuide a su mujer, en vez de preocuparse por los negocios de otros!

Ruth deseó huir, pero era imposible. Se halló atrapada en el maltrato ajeno que cerraba sobre ella sus puertas. La rodeó la pesadumbre, que no desenrolla. La impotencia endurecida revolvió sus entrañas. La angustia del destino la fustigó sin que pudiese evitarlo.

Jacob cerró sus puños para lanzarlos sobre David. La gente miró hipnotizada como espectadores de una película de la cual no lograban escapar. Al lado del arca de la ley empezó la riña. Vieron a Jacob amagar como si tomara la botella de aguardiente por el pico. Pero fue David quien asestó el golpe. Una silla a espaldas de Jacob facilitó la zancadilla. Sus rodillas se levantaron. Su nuca se estrelló contra el filo de la mesa y los vasos se rompieron.

—¡Un doctor! —gritó Rubinstein al ver que los ojos se perdían.

—¡Una ambulancia!

— Él empezó —insistió David.

Secuencia 109

A Jacob lo llevaron a la sala de urgencias de la Clínica Marly. Dijeron que había sido un accidente, que Jacob resbaló. Saúl me habló del cementerio; necesitaban que los ayudara. Me dirigí al médico para conseguir la partida de defunción. La enfermera confirmó que el doctor Esguerra había atendido el caso. Lo conocía como médico forense, hecho que pensé facilitaría la diligencia.

—Entre nos —dijo— ellos insisten en que se resbaló, pero no parece una simple caída. Hay vidrios en el cuero cabelludo. Valdría la pena averiguar más.

Le agradecí la información. Me acerqué a Saúl para preguntarle por los hechos.

—Un simple accidente, se resbaló —dijo sin titubear.

—El médico no está tan seguro; prefiere recomendar una investigación adicional sobre el caso, para aclarar las causas de la muerte. Se quiere asesorar de otros expertos.

Saúl me llamó nervioso.

—¿Qué desea saber?

—Quiere averiguar cómo fue el accidente.

—¿Y tú crees que con una simple investigación se va a saber qué pasó?

—Sí.

—No me hagas reír. Ocurrió en la sinagoga. El médico no estuvo ahí. ¿Quién se lo va a contar?

—Cualquiera de los asistentes.

—No. Pertenecemos a mundos distintos.

Saúl me agarró del brazo. Dimos unos pasos.

—Olvídate de todo esto. Somos amigos, tenemos un par de negocios pendientes... Págale lo que sea necesario. Que no haga más preguntas. Y cierra el caso.

Este libro, compuesto
en caracteres Calisto y Calibri,
se imprimió en la ciudad de Bogotá
en el mes de junio
de 2013